Retour à la montagne
collection dirigée par Sylvain Jouty

JOSÉ GIOVANNI

Meurtre au sommet

HOËBEKE

DU MÊME AUTEUR

AUX ÉDITIONS GALLIMARD
Le Trou, 1959
Le Deuxième Souffle (1960)
Classe tous risques (1960)
Histoire de fou (1960)
L'Excommunié (1961)
Les Aventuriers (1962)
Le Haut Fer (1963)
Ho ! (1964)
Les Ruffians (1969)
Mon ami le traître (1977)
Le Musher (1978)
Le Tueur du dimanche (1985)

AUX ÉDITIONS JEAN-CLAUDE LATTÈS
Les Loups entre eux (1982)
Un Vengeur est passé (1984)
Tu boufferas ta cocarde (1987)

AUX ÉDITIONS ROBERT LAFFONT
Il avait dans le cœur des jardins introuvables (prix Léautaud 1995)
La Mort du poisson rouge (1997)

© 1997 Éditions Hoëbeke, Paris
ISBN : 2-84230-035-1
ISSN : 1255-104X

Édition originale française : 1965

*Aux alpinistes de tout poil
et à cette satanée montagne.*

1

Jean Réno s'approcha d'une fenêtre de son bureau. De là, il avait une vue d'ensemble sur ses laboratoires de produits pharmaceutiques. Il voyait même les grandes lettres noires : LABORATOIRES J. RÉNO.

Il se retourna et observa les deux hommes qui gardaient le silence en attendant ostensiblement sa réponse.

— Et si je ne marche pas ? demanda-t-il.

— C'est une solution que je me refuse à imaginer, répondit Linder.

Il s'exprimait gentiment. Il avait la cinquantaine bien tassée. Il était resté sec et son profil aquilin n'était pas sans intérêt.

— Et pourquoi donc ? s'informa Réno en reprenant sa place derrière son bureau.

— Parce que tu ne refuseras pas, affirma Linder.

— On peut savoir d'où te vient cette belle certitude ?

Linder observa le léger sourire de Réno et nota le charme indéfinissable qui se dégageait de ce géant à l'opulente chevelure poivre et sel. Réno avait quarante-cinq ans.

— Elle me vient du passé et de notre amitié répondit Linder.

Réno émit un sifflement faussement admiratif. Il tourna son œil bleu vers le compagnon de Linder, en essayant vainement de croiser son regard vide. Le type devait avoir une vingtaine d'années, peut-être vingt-cinq. Il appuyait ses mains sur ses genoux. Il faisait simplement acte de présence. Linder n'en demandait pas davantage à un tueur et c'était une chose que Réno n'avait pas oubliée.

— Sans vouloir froisser personne ne pourrions-nous pas parler de notre amitié seul à seul ? demanda Réno.

— Mais nous sommes seuls, mon vieux. Je veux dire que mon jeune camarade Sedif est un véritable tombeau...

— Je n'en doute pas, coupa Réno, sarcastique.

— ... et que je n'ai pas pour habitude de traiter en inférieur les hommes qui partagent ma cause et mes risques, acheva Linder sans s'émouvoir.

— J'aime mieux ça, dit Réno. J'aime mieux que tu ne changes pas tes petites habitudes. Tout à l'heure j'ai cru que tu souffrais d'amnésie.

Linder éteignit la cigarette qu'il venait d'allumer et la glissa dans sa poche. Sa prudence confinait à l'automatisme.

— Je t'en prie, ne commence pas, dit-il. Je n'ai pas le temps de me répéter que tu as été le meilleur entre les meilleurs, que tu nous as quittés d'un commun accord et que je suis le dernier des salauds de venir frapper à ta porte. Mais la situation est grave et nous n'avons pas le choix. D'ailleurs, tu lis les journaux comme tout le monde !...

— Je ne te reproche pas de frapper à ma porte. J'ai même souvent pensé à toi... à vous tous. Si je t'avais rencontré dans la rue nous aurions bu un verre. Mais tu te rends compte de ce que tu es venu me demander ?

— C'est une chose dont nous avons le plus urgent besoin et tu es le seul à pouvoir nous rendre ce service.

Tu entends, le seul ! Fais-moi le plaisir de croire que s'il y avait une autre issue je ne serais pas là.

Réno amorça, de la main, un geste évasif.

— Tu ne me crois pas ? s'inquiéta Linder.

Réno se leva et se dirigea vers une immense carte murale du monde entier. Réno possédait des pharmacies. Elles étaient signalées par des fiches de couleur et il était enfantin de remarquer que les fiches se situaient dans les anciennes colonies françaises. Réno avait débuté à Aïn-Sefra.

Dans sa prime jeunesse il en avait écossé, mais ses pharmacies s'étaient multipliées. Une avalanche. Et aujourd'hui il y avait le labo, en bordure de Seine, porte de Charenton.

— Que je te croie ou non, qu'est-ce que ça changerait ? Rien ! déclara Réno. (Il posa une forte main au centre de la carte.) Tu voudrais que je compromette tout ça quotidiennement pendant des mois parce que les choses ne vont plus pour vous ! Ça serait trop simple ! Et si on découvre que je fais voyager tes hommes aux lieux et places de mes employés on me confisquera le tout, on me jettera en prison et vous vous volatiliserez comme par enchantement. Je me trompe ?

— J'ai tout calculé. Ça ne durera que trois mois. Nos hommes seront triés sur le volet. Une fois sur place ils changeront d'identité. La même chose pour le retour. Dès qu'ils touchent la métropole ils changent d'identité. Donc, s'ils étaient pris, il n'y aurait aucun rapport entre eux et l'employé qui voyage pour ta maison. Tu vois, il n'y a pas une chance sur mille qu'il arrive un pépin, expliqua posément Liner.

— On ne prévoit jamais tout. Tu es placé pour le savoir. Sinon vous ne seriez pas coincés à ce point. Les bavardages, les indiscrétions, etc., appelle ça comme tu voudras, c'est monnaie courante. Et les gens peuvent être repérés pendant le voyage proprement dit, tu le sais aussi bien que moi...

Réno s'adossa à la carte murale. Son visage d'homme à femmes à peine empâté se découpait sur son empire. Les piliers de ses jambes soutenaient l'édifice de son corps puissant.

— Je regrette, dit-il fermement, mais je refuse.

— Trois mois, ça passera comme l'éclair. Ensuite nous aurons nos propres relais. Et nous pourrons survivre. Je n'ai pas le droit de perdre le bénéfice de tout ce que nous avons déjà fait. Nous sommes l'espérance de centaines de milliers de gens.

— Je pourrais te répondre qu'il y en a des millions d'autres qui voudraient vous voir aux cinq cents diables, dit Réno.

— Nous n'en sommes pas persuadés et ceux qui nous aiment nous suffisent. Ils valent bien la peine que je devienne le roi des salauds et même l'empereur des salauds, dit Linder.

Il enveloppa Réno d'un regard froid et il sembla à ce dernier que le jeune Sedif remontait sa main droite vers sa hanche.

— C'est-à-dire que vous allez me tuer ? dit Réno.

Sa phrase résonna comme une évidence.

— Si ce détail avait pu régler notre problème tu serais déjà mort, répondit simplement Linder. Mais il faut que tu vives et que tu rédiges des contrats de travail en bonne et due forme pour mes amis.

— Je vais prévenir la police, ça me simplifiera le travail, dit sèchement Réno.

Linder sortit de sa poche la cigarette entamée et la ralluma. Il utilisait des allumettes plates.

— J'allais justement t'en parler, dit-il. Ça pourrait être une fin... la fin de tout... la mienne, la tienne et celle de ton affaire. (Il regarda dans le vague en direction de la fenêtre.) Oui, dit-il encore, la fin de tout…

— Avec l'âge tu es devenu bougrement mystérieux, plaisanta Réno.

Linder tira sur sa cigarette et fit tomber la cendre dans le creux de sa main.

— Au sud du Viêtnam il y a une ville qui s'appelle Da-Nang. Jadis elle s'appelait Tourane… (Il enregistra la crispation de Réno.) Tourane et sa baie magnifique, ça ne te dit rien ? (Il se leva et déposa la cendre dans un cendrier.) Je suis prêt à me constituer prisonnier et à raconter ce que nous y avons fait en ta compagnie une certaine nuit. Tu te souviens ? Ces braves gens qui détenaient les caoutchoucs et qui avaient passé un accord secret avec le prince Nogi pour conserver leur camelote même si les Viets nous foutaient à la mer ? Moyennant quoi ils étaient sans doute disposés à les aider un peu. Tu te souviens de ce que nous en avons fait de ces braves gens pour essayer de leur inculquer le respect du territoire ? Tu t'en souviens ? (Il fit le geste de se décapiter du tranchant de la main.) Sunberg vit toujours. Il témoignera aussi.

Réno fit un pas et s'arrêta, pétrifié.

— Qu'est-ce que tu dis ? murmura-t-il.

— Exactement ce que tu viens d'entendre.

La chaleur de Réno monta de quelques degrés et un picotement courut sur la racine de ses cheveux. Malgré lui, il marcha sur Linder et, d'un geste précis, lui arracha le devant de sa chemise. La toile craqua. La violence du mouvement avait couché Linder sur le côté de son fauteuil. Le bouton de sa veste avait sauté. La toile pendait lamentablement.

Elle dénudait une ancienne blessure large comme la main, prenant naissance dans un creux : il avait le pectoral droit défoncé. Le tout donnait une confuse impression de ligatures et de greffes.

— Espèce d'ordure, dire que je t'ai porté sur mon dos pendant des kilomètres, gronda Réno.

Linder s'était remis d'aplomb. Il essaya de réajuster son nœud de cravate. Chez un autre, le geste eût été ridicule. Mais l'existence de Linder était emberlificotée de gravité.

— Je me souviens même du nom du toubib qui avait refusé de me soigner et que tu as tué. Tu vois que je n'ai rien oublié, dit-il.

Réno fit un mouvement vers la gauche pour expédier avec plus de force son poing droit sur l'insupportable visage de Linder.

Le jeune Sedif extirpa de ses vêtements un pistolet mitrailleur presque aussi imposant que le fusil à canon scié de Steve Mac Queen.

— Reculez-vous et asseyez-vous derrière le bureau, ordonna-t-il.

Réno interrompit son attaque. Il ne bougeait plus.

— Reculez, répéta Sedif en levant le chien de sa petite usine.

Réno obéit. Ses mains tâtonnèrent sur le bureau, atteignirent le fauteuil. Il s'y laissa tomber et son corps se tassa légèrement.

— Tu peux ranger ça, dit Linder à Sedif.

Le pistolet mitrailleur disparut et Sedif se fouilla pour tendre une épingle à nourrice à Linder, qui rassembla adroitement les deux morceaux de sa chemise. L'épingle à nourrice est au célibataire ce que l'aiguille et le fil sont à la ménagère.

— Moi, ils me condamneront certainement à mort, dit Linder. Quant à toi, avec un bon avocat, tu récolteras vingt ans de bagne et la confiscation de tous tes biens. À la place de tes somptueux laboratoires ils construiront un lycée pour les nègres et les bicots. Puisque maintenant ce sont tes idées, ça te servira de consolation…

— Tu te trompes sur mes idées, répondit Réno. Je

n'en ai plus. Ni à droite, ni à gauche, ni au centre. Il y a dix ans que je ne vote plus et chaque week-end je fais du ski ou de la montagne suivant la saison. N'importe qui peut faire n'importe quel référendum, je ne lui sacrifierai pas une seconde, tu peux me croire.

Linder se baissa pour ramasser le bouton de sa veste. Un morceau d'étoffe y adhérait. Le bouton était en métal. Il en éprouva la dureté sur sa peau.

— Alors tu acceptes ? demanda-t-il.

— Je ne peux pas croire que tu feras ça, répondit Réno. Non, je ne peux pas le croire…

— J'ai fait pis, affirma Linder.

Il se leva, imité par Sedif. L'excitation et la lassitude se combattaient en lui ; elles gagnaient à tour de rôle, et se succédaient si rapidement qu'il lui arrivait de craindre pour sa raison.

— Je ne m'appartiens plus, dit-il doucement. Dans le cas où tu combinerais de nous descendre, Sunberg et moi, je t'avise que j'ai déposé le dossier de l'affaire chez un notaire qui le remettrait au ministère de l'Intérieur.

Réno l'écoutait, immobile, les mains sur le tablier de cuir de sa table. Il ne portait ni alliance ni bague d'aucune sorte. Il regarda Linder s'approcher au plus près.

— Écoute-moi, Jean, dit Linder, la partie est jouée. Ce que tu as connu à une autre époque, c'était peu. Aujourd'hui toutes les bornes sont dépassées. Tu vois, tu me hais et tu ne peux rien faire. Moi, je n'ai pas de haine, mais tu n'existes plus en tant qu'être humain. Je t'assure, Jean, j'ai retourné mille fois la situation dans ma tête avant de venir te trouver. Il n'y a qu'une solution. Fais ce que je te demande et on sera délivrés tous les deux. (Il le regarda bien en face.) Je t'en prie, Jean, fais-le…

Réno sentit que Linder était ému.

— Je voudrais réfléchir, dit simplement Réno.

Réno ne disait déjà plus non et Linder soupira.

— Il faudrait que tout soit réglé et que les voyages commencent avant une quinzaine, dit-il d'un ton amical.

Réno approuva imperceptiblement de la tête.

— Quel est le moyen de te joindre ? demanda-t-il.

— Tout est prévu. Quelqu'un te le proposera.

Sedif avait gagné la porte. Linder le rejoignit.

— Au revoir, dit encore Linder.

Et il sortit.

Demeuré seul, Réno porta la main à ses paupières et il ferma les yeux pour en apaiser la brûlure.

Il se leva assez lourdement et consulta sa montre : dix-sept heures. Il quitta la pièce climatisée et se plongea dans la tiédeur des couloirs.

Sur son passage les employés le saluèrent d'une certaine manière : il était aimé.

Il déboucha dans la cour principale et la moiteur de ce début de juillet le surprit. Il chercha un peu d'air, les lèvres arrondies.

Il y avait une autre cour séparée par un bâtiment. L'ensemble formait un E dont les branches donnaient sur la Seine, tandis que le bâtiment le plus long donnait sur le boulevard.

Réno contempla le va-et-vient, un peu ralenti à cause du roulement du personnel en cette période de vacances. Un chauffeur descendit d'une semi-remorque chargée de sulfates et fit un détour pour serrer la main du patron.

— Fait tiède, hein patron ?

Réno se contenta de sourire. Il aurait bien voulu répondre une phrase aussi banale, mais il avait une boule dans la gorge.

Il avala un peu de salive et décida de rentrer chez lui. Sa Bentley était rangée près du grand portail. Stanislas, son chauffeur, un Tchèque en qui il avait toute confiance, avait établi son quartier général dans le poste du concierge. Mais Réno l'aperçut déjà au volant, le nez plongé dans un journal largement déplié.

Il grimpa rapidement à l'arrière.

— À la maison, dit-il.

La voiture démarra doucement. Réno se décolla brusquement du siège et se pencha en avant.

Ce n'était pas Stanislas qui conduisait. La voiture franchit le porche et Réno crispa ses mains sur le dossier du siège.

— Où est mon chauffeur ? Qui êtes-vous ? questionna-t-il.

Il était en colère.

— Je suis à votre service et vous n'aurez pas à vous en plaindre, répondit l'homme avec courtoisie.

— Où est mon chauffeur ? répéta Réno.

— Je n'en sais rien. Mais vous pouvez m'appeler Stanislas aussi. Ça ne me dérange pas.

Il conduisait prudemment. Réno gardait la même position crispée.

— Qui vous a donné les clés de la voiture ?

— C'est M. Linder.

— Je suppose que vous l'avez aidé à tuer mon chauffeur, dit Réno à brûle-pourpoint en se laissant retomber dans l'angle profond de la voiture.

— Nous ne sommes pas des assassins, répondit le type.

Réno émit un ricanement. La voiture abandonna les quais et piqua vers le bois de Vincennes. Réno habitait avenue de la Dame-Blanche, en bordure de ce bois. Il trouva naturel que Linder et sa clique connaissent son adresse. À l'image du diable, Linder apprenait par cœur la vie de ses victimes.

— Si vous ne voulez pas m'appeler Stanislas, appelez-moi Alphonse ou Firmin, mais il faudrait vous décider à cause des gens de votre maison, expliqua le type. Vous avez intérêt à ce que les choses paraissent naturelles, ajouta-t-il.

Réno attendit que la voiture s'immobilise devant son hôtel particulier.

— D'accord pour Firmin, dit-il. Descendez et ouvrez ma portière.

Firmin s'exécuta. Il avait la même livrée de chauffeur que Stanislas, grise, avec une casquette sombre.

— Vous avez froid à la tête ? demanda sèchement Réno.

Le type serra les dents et enleva sa casquette. Réno descendit de voiture.

— Rentrez la voiture et attendez mes instructions devant le garage, jeta Réno sans se retourner.

La demeure de Réno était blanche et les petites ardoises de la toiture accentuaient encore cette blancheur. Il y avait de larges baies dont une, en angle, très remarquable. Il n'y avait qu'un seul étage avec un balcon-terrasse. Les domestiques logeaient au-dessus du garage, à côté de la maison des gardiens.

Réno pénétra dans le hall irrégulièrement dallé de noir et de blanc et monta l'escalier quatre à quatre en appelant sa sœur.

— Claudine ! Claudine !

Il ouvrit toutes les portes et une voix de femme répondit du rez-de-chaussée.

— Ou-i-i-i !...

Il se pencha au-dessus de la rampe en fer forgé. Sa sœur levait sa tête vers lui. Elle sortait de son petit laboratoire personnel. Elle y jouait les Marie Curie, recouverte d'une blouse décolorée par les acides et les mystérieux mélanges.

« Un jour elle nous fera tous sauter », pensa Réno qui broyait du noir.

— Où est Stanislas ? demanda-t-il.

— Comment ça, où est Stanislas ?... s'étonna-t-elle.

— Tu le sais ? fit-il en redescendant vers elle.

Elle le gratifia d'un regard de chef de clinique.

— Il est arrivé au début de l'après-midi avec une lettre de toi, un chèque, et l'ordre de prendre l'Austin et d'aller immédiatement ouvrir la maison de Sainte-Maxime en compagnie de la femme de chambre, et tu voudrais prétendre que tu ne sais pas où il est ?

Il avala un peu de salive et descendit lentement les dernières marches.

— Si, si, se reprit-il, mais je voulais savoir s'il était déjà parti.

Elle lui désigna un porte-cartes et des clés posés sur une console.

— Parti et bien parti, dit-elle. Tu penses, ils ne se sont pas fait prier. Ce sont les papiers et les clés de la Bentley.

Réno s'en empara. Il agissait en croyant rêver, et dans ce rêve, il vit une inconnue habillée en femme de chambre qui traversait le hall.

Elle avait une trentaine d'années, et se déplaçait comme une ombre dotée d'une discrétion d'un autre siècle.

— Bonjour, Monsieur, dit-elle gentiment en passant.

— Bonjour, s'entendit-il répondre.

— Charmante, affirma sa sœur. Je la trouve même mieux que Louise. Où l'as-tu dénichée ?

— Où ? répéta Réno. Heu… dans les petites annonces.

— Je suppose que nous allons partir en vacances ces jours-ci ? Il me semble que Hubert a besoin de repos, dit-elle.

Son mari s'appelait Hubert. Hubert Saffre. Il travaillait avec Réno. Il dirigeait les services d'achat.

— Peut-être bien, oui, fit Réno en se laissant tomber sur un fauteuil.

Son teint devenait gris et il le sentait.

— Ne bouge pas de là, dit rapidement Claudine.

Elle réapparut, un breuvage à la main. Réno le vida sans poser de question. Il pensa que si elle s'était trompée de drogue, il s'échapperait définitivement de l'étau qui l'encerclait.

— Les affaires, c'est bien joli, mais la santé d'abord, dit Claudine.

La voix éclata dans la tête de Réno. Le bruit du verre qu'il reposa s'amplifia également. Réno, au sein d'une place forte en papier mâché, écoutait ce tintamarre et pensait que les amis d'hier n'étaient peut-être plus aujourd'hui que des spadassins à la solde de Linder.

2

Réno ne s'endormit qu'à l'aube, se réveilla deux heures plus tard, réagit en se collant sous la douche et en tapant sur son punching-ball comme un enragé, dans sa salle de culture physique.

C'était ça, la richesse : une salle de culture physique pour lui, une salle-laboratoire pour sa frangine. Les aises, rien de tel pour vous égaliser le caractère.

Réno grimpa plusieurs longueurs de corde lisse et s'acheva au cheval d'arçon. Allongé sur le sol, haletant, la joue contre l'épais tapis-brosse, il se sentait déjà mieux dans sa peau.

Après une deuxième douche il s'habilla et décida de réunir son nouveau chauffeur et sa nouvelle femme de chambre dans sa bibliothèque, qui bénéficiait d'un heureux capitonnage.

— Je vais être dans l'obligation de vous déclarer à la Sécurité sociale, expliqua Réno.

— Pourquoi ? demanda la femme.

— Parce que ma sœur s'occupe de toutes les paperasses de cette maison et qu'elle trouverait très étrange que je ne le fasse pas.

L'homme et la femme échangèrent un regard qui

exaspéra Réno. Il mourait d'envie de cogner leurs têtes l'une contre l'autre.

— Si je ne peux pas vous déclarer il vaudra mieux que vous repartiez... à moins que votre ami Linder désire absolument que ma sœur et son mari connaissent votre véritable activité. Et ma sœur est très bavarde. Je le déplore, mais je ne peux rien y changer, dit-il d'un ton suave.

— Va chercher tes papiers, dit simplement Firmin à la femme.

Elle obéit et ils demeurèrent silencieux jusqu'à son retour.

Firmin tendit alors à Réno leurs pièces d'identité.

— Nous sommes légalement rapatriés et nous serions très heureux de profiter des avantages de la Sécurité sociale, dit Firmin.

Réno constata qu'il s'appelait Paul Sedif et que la femme s'appelait Monique Sedif. Il se souvint que le jeune tueur qui accompagnait Linder répondait au nom de Sedif.

— Si j'ai bien compris Linder a fondé une entreprise familiale, dit-il en leur rendant les papiers.

— Nous sommes cousins, dit l'homme.

— Et nous couchons dans le même lit, précisa-t-elle. Est-ce que le règlement de votre maison interdit à la femme de chambre de coucher avec le chauffeur ? En dehors du service, bien entendu...

Le regard de Monique Sedif décortiqua Réno. Il fit non de la tête. Il était en face d'une pétroleuse de la pire espèce : celle qui accepte, en dernier ressort, de se transformer en torche vivante pour mieux incendier l'ennemi.

En homme de combat, Réno éprouva une brutale estime. Une envie de cette femme. Un désir idiot de se faire aimer d'elle.

20

— Si nous en terminions avec Firmin. Il serait plus normal de vous appeler Paul, proposa Réno.

— Je vous remercie mais Firmin m'aidera à rentrer dans la peau du personnage.

— Nous pouvons disposer ? demanda-t-elle.

Réno l'ignora et s'adressa à Firmin.

— J'ai besoin de voir votre cousin, ce jeune garçon qui est venu à l'usine avec Linder.

Et Réno se mit à réfléchir à toute vitesse au motif qu'il invoquerait si on lui demandait pourquoi.

— Quand voulez-vous ? dit seulement Firmin.

— Le plus vite possible.

— Disons au début de l'après-midi.

— Où ça ? demanda Réno.

— Le chauffeur vous conduira, dit Firmin, une lueur amusée au fond de l'œil.

Réno se domina au point d'éviter de regarder la femme. Ils l'abandonnèrent. L'acajou et les ors de ses livres anciens perdaient leur sens.

Son fric et sa réussite l'entravaient. « J'ai peur de tout perdre. J'ai peur et c'est ça qui va me foutre en l'air », pensa-t-il. Il s'assit et essaya d'écrire, de résumer la situation en quelques lignes.

Et si Linder bluffait ? Réno s'appliqua pour écrire : *Est-ce que OUI ou NON Linder se constituerait prisonnier pour m'envoyer en galère ?*

Réno se pencha sur la phrase. C'était simple. Il s'agissait d'y répondre par oui ou par non. Un jeu d'enfant. Mais les enfants disent « pouce » lorsqu'ils se trompent ou veulent changer les règles du jeu.

Réno essaya d'écrire *NON*. Ça l'arrangeait. Et puis il raya le mot, lentement, d'un trait droit.

Il contempla le résultat : ~~*NON*~~. Il eut l'impression que la petite barre rayait sa vie. Il n'eut donc pas besoin d'écrire le *OUI*. Il se persuada que Linder le dénoncerait.

« Il est cinglé, pensa-t-il. Il est devenu complètement cinglé. Pourquoi les autres suivent-ils un lascar dont la raison tremblote comme un paquet de gélatine ? »

Réno déjeuna en compagnie de sa sœur et de son beau-frère. Claudine était sa sœur jumelle. Elle avait une fille, Éliane, étudiante en médecine, qui ne rentrait que le soir. Hubert était un personnage rigide d'une monstrueuse honnêteté.

— J'ai signé aux Allemands un contrat de quinze ans avec le transport à leur charge, dit-il d'une voix mesurée. Double certitude : eux d'écouler et nous d'obtenir, vous êtes content ?

— Très content, répondit Réno.

Quinze ans… double certitude… Les mots trottinaient dans le crâne de Réno.

— Hubert, tu es formidable ! s'exclama Claudine. Vive les vacances ! Tu sais que la petite est fatiguée.

Réno s'isola. Il ne se voyait pas en train d'annoncer la couleur à Hubert.

— Quand partons-nous ? demanda Claudine.

— Quand vous voudrez, répondit Réno.

Ils avaient l'habitude d'aller à Chamonix en juillet et août et à Sainte-Maxime en septembre.

La « femme de chambre » aidait le « chauffeur » à assurer le service de table. Ils s'y prenaient le mieux possible. Réno eut envie de dire : « Nous partirons avec la permission de nos dévoués serviteurs. »

Les affiches-slogans de la guerre 39-40 lui revinrent en mémoire : *Des oreilles ennemies nous écoutent… La route du fer est coupée… etc.*

Ils suivirent Claudine pour prendre le café dans le salon. Elle avait une chute de reins un peu lourde, cependant que ses mollets étaient ceux d'une jeune femme.

Linder avait été amoureux d'elle. Ça remontait à toute une jeunesse universitaire. À l'époque, Linder

captivait, tout en effrayant un peu. Claudine, secrètement bourgeoise, s'était détachée de cet enfiévré de la
doctrine. Par la suite elle avait ignoré les agissements
politiques de son frère et de Linder.

Que restait-il du sentiment de Linder pour Claudine ?
« Rien », pensa Réno. Il ne restait aucun sentiment
d'aucune sorte à l'intérieur de Linder.

Claudine s'assit et croisa ses jambes. « Et même si
j'entreprends de lui raconter que Linder est devenu la
pire des ordures ? calcula Réno. Oui, et même ?... »

— Café ? demanda Claudine.

— Non, merci, refusa Réno, une main sur son cœur.

Hubert s'en étonna d'un haussement de sourcil.

— Tous ces exercices ne sont plus de votre âge, dit-il.

Hubert mangeait comme six et ne grossissait pas d'un
gramme. D'où son mépris de la culture physique.

— Tu es comme Éliane, tu as une petite figure en ce
moment, assura Claudine.

Réno haussa les épaules et sortit du salon. Il faillit se
heurter à Monique Sedif.

— Vous vous surmenez ! Attention aux orgelets ! lui
dit-il en désignant le trou de la serrure.

Elle soutint son regard méprisant. Car, sur ce registre,
elle connaissait tous les formats.

— Le chauffeur de Monsieur attend Monsieur dans la
voiture, dit-elle.

Réno tourna les talons et grimpa dans sa Bentley.

Pour rejoindre la place de la Concorde, Firmin, les
yeux rivés sur le rétroviseur, utilisa toutes les vieilles
ficelles des virages brusques, arrêts et démarrages pour
semer un éventuel curieux.

À mi-chemin entre la Concorde et le rond-point des
Champs-Élysées, il stoppa.

— Descendez, dit-il à Réno.

Ce dernier, surpris, se pencha et aperçut le jeune

Sedif qui déambulait sous les ombrages de l'avenue. Réno le rejoignit et ils poursuivirent tous les deux cette promenade digestive.

— Je sais que tu es le cousin des deux personnes que Linder a placées chez moi et je suppose que vous êtes les seuls survivants d'une famille massacrée en Algérie, attaqua Réno.

— C'est ça, fit l'autre.

— Vous pourrez tuer des masses de gens et faire sauter mon usine par-dessus le marché, ça ne ressuscitera personne. La mort est définitive. La tienne le sera, la mienne aussi.

— Ce n'est pas nouveau.

— Peut-être, mais ça s'oublie. Écoute... si je suis venu te parler avant d'essayer de convaincre Linder, c'est à cause de l'âge. (Sedif le regarda sans le comprendre.) Oui, dit Réno. L'âge... tu es jeune et tu as des motifs pour agir. Tandis que Linder, il agit comme un type coincé dans un cul-de-sac. Et le cul-de-sac c'est son âge. Il ne peut plus rien espérer, alors il essaye de s'imaginer qu'il ne s'est pas trompé, et ça le réconforte de se sentir entouré par des purs. C'est une forme de folie. C'est un fou. Écoute-moi bien, petit, personne ne te rendra ce que tu as perdu. C'est à toi seul qu'il appartient de reconstruire et je peux t'y aider. Je te propose, à toi et à tes cousins, d'arrêter cette mascarade clandestine et de vous mettre vraiment au boulot. Tu peux te marier, avoir des gosses et ça me plaira vraiment de vous aider. J'ai de l'argent à ne savoir qu'en faire. Alors ?

Sedif marcha en silence. Il y avait de quoi réfléchir.

— Vous pensez que je suis à vendre ? demanda-t-il enfin.

— Non, je me dis que tu ressembles à un type que j'ai connu. Il appartenait à un mouvement d'extrême droite, comme le tien, avant la guerre. On les appelait les cagoulards. Clandestinité et compagnie, rendez-vous dans des caves, dépôts d'armes, tracts, bombes, etc. On l'a arrêté le premier et, pendant qu'on le passait à la question et qu'il gardait le silence pour que son parti puisse maintenir le flambeau, ses chefs revendaient les armes en Espagne et s'offraient une villégiature sur des rivages enchantés. Je ne te fais pas de la propagande pour la gauche. Partout ce sont les jeunes qui trinquent...

Sedif posa sur Réno un regard borné et Réno l'empoigna par le col. Il le tira irrésistiblement vers lui et gronda entre ses dents serrées :

— Est-ce que tu ne peux pas comprendre que tu dois arrêter, que je ne céderai pas, que vous n'obtiendrez rien de personne, rien, absolument rien, que vous détruirez tout pour rien et que vous-mêmes vous ne serez plus rien... des loques, des clochards risibles...

Ils ne marchaient plus. Immobiles, ils pouvaient, à la rigueur, passer pour de simples discutailleurs passionnés.

Sedif porta les mains sur celles de Réno et desserra l'étreinte. Réno ouvrit sa main. Sedif tira sur le revers de sa veste. Il chercha la Bentley des yeux. Réno expira l'air vicié de ses poumons. Il venait de s'agiter en pure perte.

L'avenir conservait la couleur d'un boulet Bernot.

3

Au dîner, il essaya de jouer les insouciants. Les brèves œillades de sa nièce Éliane menacèrent de rendre cette entreprise insurmontable.

Elle avait vingt-deux ans et elle connaissait par cœur son tonton Réno. De quatorze à dix-huit ans, elle en avait été amoureuse folle. Il représentait encore son idéal masculin, l'étalon de base, bien que, depuis, elle se soit rabattue sur de plus jeunes hommes.

Dans la maison il n'y avait que sa mère pour s'imaginer qu'Éliane était vierge.

Transpercé par la lance du dernier regard investigateur de sa nièce, Réno sourit poliment au jeune étudiant hollandais assis à la droite d'Éliane. Il avait une gueule d'ange et un mince collier de barbe soyeuse. Dernière recrue d'Éliane, il concrétisait son besoin de couleur locale, qui s'étendait du moniteur de ski au gondolier, en passant par le torero à la hanche étroite, avec un détour sur les jeunes pêcheurs de sardines en Méditerranée. Aujourd'hui, elle inaugurait la saison des étrangers à Paris, en ce début d'été.

Réno pensa que ce Hollandais était fauché comme les blés mûrs, car Éliane avait le superbe désintéressement des riches héritières. Elle ne palpitait que pour les bourses plates.

« S'il est intelligent, on lui fera une situation », répétait inlassablement la mère qui envisageait un gendre dans chacun des godelureaux de sa fille. Ça faisait mieux.

— Que pensez-vous de la politique en ce moment ? demanda Hubert.

Réno avala de travers et appliqua sa serviette sur sa bouche pour enrayer sa toux.

Firmin lui versa derechef une rasade de rouge (1928) avec la touchante attention du serviteur dévoué jusqu'à la mort.

Un rire humide s'échappa de la barbe du Hollandais.

— Trop compliqué…, répondit-il et, dans le même temps, Réno soupira en profondeur.

La question ne lui était pas destinée et il profita de la réponse du Hollandais pour expédier un sourire narquois à la femme de chambre qui lui offrit ses yeux « dans le vague ».

Au salon, Éliane vint se jucher sur le bras du fauteuil de Réno. C'était sa place préférée. Elle oublia le Hollandais que ses parents s'évertuaient à distraire et se pencha vers l'oreille de son oncle.

— Toi, tu as des ennuis à cause d'une femme, lui glissa-t-elle.

— Je n'ai aucun ennui. Essaye d'apprendre ça par cœur, si tu en as encore la force après une matinée d'amphithéâtre.

— Et mon œil ! fit-elle. Je peux même te dire que tu vas changer ta formule.

— Ma formule ?

— Ton centre d'approvisionnement si tu préfères.

— Mon centre d'approvisionnement ? répéta-t-il comme un idiot de village.

— Oui, tu vas plaquer tes petites actrices…

Réno passa l'index entre le col de sa chemise et sa peau. Il était vrai qu'il donnait dans la starlette et non moins vrai qu'il venait d'en liquider une par trop tapageuse.

— ... et tu es en passe de jouer au grand patron avec ta femme de chambre. Elle n'est pas mal, mais la méthode te flanquera un coup de vieux, assura sa nièce remplie d'une tendresse confidentielle.

— Tu perds la tête, dit Réno.

Éliane lui tendit un verre de cognac qu'il lampa très vite.

— Encore une preuve, dit-elle. D'habitude tu chauffes le verre entre tes mains avant de boire.

— Assez, murmura-t-il sourdement.

Il alluma une cigarette. Sa main tremblait. Le visage d'Éliane se crispa. Réno désira follement la prendre sur ses genoux et lui parler, lui parler, se délivrer. Il sentait que les yeux de tous les hommes et de toutes les femmes, de tout ce qui vivait sur la terre, le fouillaient sans pitié.

— Laisse-moi, dit-il durement.

Éliane se leva, inquiète. Là-dessus, Firmin annonça qu'un monsieur demandait Monsieur au téléphone.

— Moi ? demanda Hubert en se levant.

— Non, ce n'est pas Monsieur, dit Firmin.

Réno supposa qu'il s'agissait de Linder : ce que disait, faisait, pensait Firmin puait Linder à pleines narines.

Réno s'enferma dans la bibliothèque et décrocha.

— Allô ? fit-il.

— Allô, c'est toi, Jean ?

— Qu'est-ce que tu veux ? demanda sèchement Réno qui avait reconnu la voix de Linder.

— Te souhaiter une bonne soirée au sein de ta famille et te demander de ne pas trop m'oublier...

— T'oublier me paraît difficile.

— Dès que tu auras accepté tu te sentiras mieux, affirma Linder.

— Tu m'as donné quinze jours.

— Pas exactement. J'ai dit quinze jours pour que cela fonctionne. Il n'en reste que treize. Il en faut bien huit pour préparer. Tu vois qu'il n'en reste que cinq pour ta réponse.

— La préfecture me délivre des visas en quarante-huit heures.

— C'est formidable, mais le temps passe vite, insinua Linder.

— Tu ne vas pas me casser les oreilles toutes les cinq minutes, non ! s'écria Réno en raccrochant comme s'il voulait pulvériser l'appareil.

Sa lourde main étreignit longtemps le téléphone. Il ne pouvait se décider à le lâcher. Ses doigts blanchissaient sous la pression.

En dépliant son corps alourdi, il éprouva une douleur dans l'épaisseur des reins. Il y porta ses dix doigts écartés et se cambra.

— Saloperie, dit-il.

Il monta directement dans sa chambre. Il avait, dans la bouche, un goût amer, et les mâchoires engluées comme au lendemain d'une bringue.

On frappa à la porte un coup léger.

— Quoi ? grogna-t-il.

La porte s'ouvrit et Monique Sedif apparut. Elle lui présenta un verre, une carafe et un tube de comprimés sur un mignon petit plateau d'argent.

— C'est de la part de M. Linder. Il vous conseille de prendre un comprimé avant de vous coucher et un autre d'ici deux heures si besoin était.

Réno plissa les yeux. Monique, toute droite, sentit courir sur son corps le filet de ce regard.

Il absorba un des cachets. Monique se dirigea vers la porte.

— Restez un peu, s'entendit-il prononcer d'une voix rauque.

Elle se retourna et s'immobilisa. Il voyait presque ses genoux. Elle portait une robe noire à col blanc.

— La femme de chambre de votre sœur était plus petite que moi, remarqua-t-elle en portant ses yeux sur la robe un peu courte.

Il était assis sur le lit. Sa veste avait glissé sur la moquette. Sa cravate dénouée pendait, très longue, sur sa chemise blanche.

— Vous vous amusez bien ? demanda-t-il doucement.

Il avait encore ce goût amer au fond de la gorge.

Elle s'avança et s'appuya contre le mur. Une étoffe gris perle recouvrait les murs. Éclairée par une applique de bronze, la peau mate de la jeune femme resplendissait. Elle secoua négativement la tête.

— Je ne m'amuse pas. Vous pensez que nous abusons de la situation, mais ce n'est pas exactement ça, dit-elle. Personnellement, j'attends que vous vous accordiez avec Linder et je serai du premier voyage.

— Et là-bas, qu'est-ce que vous ferez de plus ? Vous vous prenez pour Lyautey ?

Le ton n'était pas méchant. Il commençait à en avoir trop marre pour être méchant.

— Là-bas nous vaincrons, dit-elle.

— … parce que nous sommes les plus forts, ajouta-t-il. N'oubliez pas ce slogan, il a déjà fait ses preuves.

Il se leva et nota qu'elle appuyait sa joue contre le mur. Il lui sembla qu'elle s'abandonnait. Il posa une main sur son épaule et elle ne la retira pas.

Il pétrissait lentement la chair douce et, dans la solitude de ce combat contre Linder et ses ombres, il eut besoin de croire que cette femme bluffait, qu'il pourrait l'embrasser et que le cauchemar sombrerait dans un éclat de rire.

Il pencha sa tête et l'embrassa sur la bouche avec une extrême lenteur.

Elle remuait imperceptiblement ses lèvres charnues. Il la serra contre lui dans une impulsion très proche des larmes.

Elle garda les mains le long de son corps et laissa Réno s'écraser contre son ventre et ses seins.

Il commençait à balbutier des mots incohérents. Elle glissa entre les bras de l'homme.

— Si vous y tenez absolument je peux coucher avec vous, mais ça ne changerait pas grand-chose et j'ai peur que vous deveniez ridicule, dit-elle en lui effleurant la joue du bout des doigts.

Elle était plus émue qu'elle ne le laissait paraître. Il ferma les yeux. Elle caressa la bouche de Réno et sentit que ses lèvres tremblaient.

— Un homme comme vous n'a pas le droit de devenir ridicule, dit-elle encore.

Il la regarda. Il avait les yeux gonflés de fatigue. Elle pensa que Linder triompherait.

— Couchez-vous, dit-elle. Il faut que vous restiez lucide.

Une torpeur l'envahissait. Comme celui qui marche longtemps sur la neige, environné de neige, et qui crève allongé sur cette neige, sans s'apercevoir que la vie l'abandonne.

— Bonne nuit, murmura-t-il pour dire quelque chose.

Elle ne répondit pas « Vous aussi ». Elle ne parlait jamais pour ne rien dire. Elle dit simplement « Merci » et elle sortit en amenuisant son corps, en effaçant ses épaules, comme si elle cherchait à lui éviter une souffrance.

Il se coucha et le sommeil l'atteignit comme un coup de matraque.

Il rêva qu'il trébuchait et tombait. Son corps tournoyait en chute libre le long des parois à pic du massif de Chamonix et s'écrasait, éclatait contre les glaciers.

Linder venait à l'enterrement. Sa mort était la fin des ambitions de Linder. Sa mort réglait la question.

Il s'éveilla, surpris d'être encore en vie. Il s'habilla sans se laver et pénétra dans la maison du garde. Il monta au premier sans adresser la parole à personne et frappa à la porte de la chambre de Firmin.

Il entendit déverrouiller la porte et Firmin apparut en pyjama.

Réno s'introduisit dans la chambre et constata que Monique n'y était pas. Visiblement, Firmin avait dormi seul.

— Il faut que je parle à Linder le plus vite possible, dit Réno.

— D'accord, dit l'autre.

Réno tourna les talons. Il était à peine sept heures.

Dans la grande maison endormie, il manœuvra l'inverseur de manière à ce qu'on ne puisse téléphoner que de son bureau, dont il décrocha l'appareil pour qu'on ne puisse pas appeler de la ville.

Les gardiens ne possédant pas le téléphone, la propriété était donc isolée.

Réno se posta derrière une fenêtre d'où il pouvait contrôler les entrées et les sorties. Lorsque, deux heures plus tard, Firmin lui apporta rituellement *Le Monde* et *Le Figaro*, Réno était certain que personne n'avait quitté la propriété.

— M. Linder vous attend à onze heures. Je vous conduirai, dit Firmin.

« Ils doivent communiquer à l'aide d'un poste émetteur », pensa Réno.

— Pendant que vous y êtes, vous me rendrez bien le service d'aller faire laver la voiture, dit Réno.

Firmin s'inclina et Réno attendit que la voiture dispa-

raisse dans l'avenue de la Dame-Blanche pour se précipiter dans la chambre de Firmin.

Il fouilla rapidement les moindres recoins de la pièce,
déplaçant et replaçant les objets et le linge d'un geste
net qui ne laissait aucune trace. Sa technique n'avait pas
vieilli. Peut-être tirait-il toujours aussi bien ? Il pensa
qu'il ne saurait même plus à qui s'adresser pour se procurer un revolver. Quand on change radicalement de
vie, on conserve les instincts et on perd les conditions
matérielles.

Il n'y avait pas de poste émetteur-récepteur dans la
chambre.

Il fouilla la chambre voisine, celle de Monique. Il
n'eut pas le temps de se troubler en remuant une linge-
rie qui ne comportait que d'austères dessous de toile.

Il entendit un bruit de pas dans le couloir. Il poussa
doucement le verrou intérieur de la porte.

Monique manœuvra la poignée et insista en secouant
la porte. Le cœur de Réno battait comme celui d'un
voleur inexpérimenté.

— Monsieur Chabrel, appela Monique.

C'était le gardien. Elle appela à deux reprises tout en
secouant la porte. Réno avait envie de se barrer par la
fenêtre. Il voyait d'ici la tête d'Hubert le regardant tomber du premier étage des communs.

Le gardien monta et secoua la porte.

— Bizarre, dit-il.

Réno retenait sa respiration.

— C'est urgent ? demanda le gardien.

— J'ai besoin de rentrer dans ma chambre, répondit
Monique.

— Je vais aller chercher un truc pour faire levier, dit-il.

Monique attendit quelques secondes et heurta la
porte de son index replié.

— Ouvrez avant qu'il ne force la porte, conseilla-t-elle.

Réno ouvrit. Elle lui jeta un regard moralisateur et il eut l'impression d'avoir bouffé la réserve de confiture de l'année.

Du haut de l'escalier elle cria au gardien que la porte était ouverte et elle rejoignit Réno.

— Perquisition ? demanda-t-elle.

— Croyez ce que vous voudrez, fit-il.

Elle leva les bras comme un prisonnier que l'on va fouiller.

— Ne vous gênez pas ! J'ai peut-être un micro sous ma boutonnière et un appareil japonais dans mon soutien-gorge.

— J'étais simplement venu pour vous parler, affirma-t-il.

— Eh bien, allez-y… parlez…

L'esprit en désordre, il ne put en placer une. Elle lui fit la charité.

— Excusez-moi, mais madame votre sœur m'attend et elle n'est pas très patiente, dit-elle.

Il réintégra son appartement. Il se sentit hors d'action. « L'action, c'est pour eux », pensa-t-il en s'allongeant tout habillé sur son lit. Il était semé en route, égaré, paumé. Même pas foutu d'établir comment ils communiquaient entre eux.

Il se creusa les méninges pour se remémorer les méthodes de contact utilisées par Linder. « Il a dû moderniser ses combines », pensa-t-il. Dans ce jeu du chat et de la souris, la place de la souris n'était pas fameuse.

À la suite de Firmin, il quitta la maison et monta dans la Bentley. Il ignorait où Firmin le conduisait. Il se rendait à son rendez-vous avec Linder, le cerveau léger comme un pois chiche. Il porta les mains à ses tempes pour arrêter le brimbalement du pois chiche.

Firmin se gara près des Tuileries et ils prirent le métro à la Concorde. Une fois ou deux ils descendirent et attendirent, sur le même quai, la rame suivante.

À Montparnasse ils s'enfoncèrent dans les dédales d'une correspondance. Linder patientait, assis sur un banc de la ligne n° 14.

Une petite station bien peinarde. Réno lui serra la main. De rares voyageurs attendaient au centre du quai. Firmin s'installa à l'écart sur un autre banc.

Linder portait un costume en alpaga bleu, une cravate brique et une brochette de décorations. Il avait le teint frais.

— Heureux de te voir, dit-il à Réno.

Réno s'assit et pencha son corps en avant, les avant-bras en appui sur ses cuisses.

— Qu'est-ce que tu peux espérer en envoyant tes hommes là-bas ? demanda-t-il en fixant le sol noirâtre.

— Qu'ils prépareront le retour des hommes de notre race, répondit Linder.

« Bon Dieu ! pensa Réno, pourquoi est-ce qu'il y a des types de toutes les couleurs et des énergumènes comme Linder qui ergotent sur les teintes ? »

— Qu'est-ce que tu crois ? qu'ils n'arriveront pas à se diriger ? Eh bien, ils s'entre-tueront pour le pouvoir. Au Mexique ce ne sont pas les révolutions qui ont manqué, dit Réno. Et tu voudras bien reconnaître que dans tous les pays, le nôtre compris, les hommes se battent pour le pouvoir. Ôte-toi de là que je m'y mette !... Ils s'arrangeront entre eux et ils se passeront de toi et du reste.

— Ils n'étaient rien. Nous les avons tirés du néant et aujourd'hui ils nous égorgent, dit Linder, à cheval sur son idée fixe.

— Et c'est avec une cinquantaine d'hommes que tu vas arranger ça ?

— Deux cent cinquante, rectifia Linder. Et plus tard, ils en feront venir des milliers d'autres.

— Deux cent cinquante ! répéta Réno. Tu veux qu'en trois mois je fasse un mouvement de deux cent cinquante membres de mon personnel ? Sans compter mes mouvements habituels ! Nous aurons le service des visas sur le dos au bout d'un mois. Tu vois bien que c'est de la folie !

— Si trois mois ne suffisent pas, tu les passeras en six mois.

— Mais tu m'avais juré que les risques ne s'étaleraient que sur trois mois, s'insurgea Réno.

— C'est toi qui prétends qu'il t'en faut davantage.

Une rame arrivait à la station.

— Espèce d'abruti ! cria Réno dans le bruit du roulement. Est-ce que je savais qu'ils étaient deux cent cinquante ? Pourquoi pas un millier en une semaine, pendant que tu y es !

Linder laissa les gens descendre et monter des wagons et la rame s'engloutir à l'intérieur du tunnel.

— Ne t'énerve pas, mon Jeannot, dit-il. Ça n'avance pas de s'énerver. Le problème est posé. Tu dois simplement accepter ou refuser, et comme il est plus avantageux pour toi d'accepter, je te conseille encore d'accepter.

Réno se leva. Le rail luisait entre les quais comme une bête tapie au fond de sa tanière. Il était simple de faire deux pas et de tomber sur le rail. L'arrivée du métro donnait le vertige. On devait mourir en une seconde. Quelques lignes dans un canard du soir.

Réno contemplait le rail. Le roulement du métro grandissait. Linder rejoignit Réno.

— Bien entendu, il y a une troisième solution : tu peux te tuer. Mais tu ne te tueras pas, dit posément Linder.

— Qu'est-ce que tu en sais ? murmura Réno.

Le métro jaillissait. Réno suait. Sa chemise adhérait étroitement à ses reins. Il recula.

— Tu me donnes envie de vomir, dit-il.

— Je le sais, dit Linder. Mais tu me pardonneras. Quand tout sera fini, tu me pardonneras. Tu seras trop heureux de retrouver ta vie tranquille et tu n'y penseras plus. Tu ne dois plus être loin du milliard, il me semble ?

Réno s'appuya contre un distributeur de pastilles bouffées aux mites.

— Si je décide de me tuer je t'emmènerai avec moi, dit-il. Je t'abattrai comme un chacal.

— Tu pourras t'éviter ce boulot, car, si tu meurs, nous sommes foutus. Nous ne pourrons plus jouer le paquet. Nous serons réduits à végéter comme des bêtes traquées. Alors autant crever, surtout à mon âge, affirma Linder.

Réno ne pouvait plus s'empêcher de contempler les rails du métro. Linder suivit son regard.

— Si tu acceptes, tu nous sauves et toi avec, dit Linder.

— Si j'accepte, je vais au bagne.

— Mais non ! Est-ce que j'y suis, au bagne, moi, depuis le temps que je mène cette vie ? Si tu refuses, tu vas au bagne, ça, c'est certain. Alors, accepte... Tu acceptes ? répéta Linder.

— J'attendrai le dernier jour pour donner ma réponse. Une des trois réponses...

— La dernière heure si tu veux. L'essentiel est que tu acceptes. Il te reste douze jours multipliés par vingt-quatre. Si tu dépasses ce délai sans répondre, j'agirai sans te prévenir. Tu as bien compris ?

Réno ne répondit pas et gagna la sortie. Firmin, décontracté, le suivait comme son ombre.

Chez lui, il regarda d'un air absent les préparatifs de départ de sa sœur. Elle bouclait les valises pour Chamonix.

— Ouf ! dit-elle. La montagne retapera tout le monde. Tu as une de ces têtes, mon pauvre Jean !

Le pauvre Jean fourra quelques vêtements au hasard dans une valise. Il espérait confusément que les kilomètres l'aideraient à penser à autre chose.

Sa valise terminée, il se mit à étouffer. L'idée que Firmin et Monique seraient du voyage y était pour beaucoup. Tout habillé, il se colla sous une douche glacée. À cette cadence il se rapprochait singulièrement de la camisole de force.

4

Le premier type que Réno rencontra dans les rues de Chamonix s'appelait Jacques Balmat. Il avait vingt-huit ans. Il était guide à la compagnie des guides de Chamonix. Il était inutile de lui demander s'il était parent du Jacques Balmat qui, le 8 août 1786 à 18 h 23, avait dépucelé le mont Blanc.

Tous les Balmat de la vallée se disaient parents du célèbre aïeul. À plus forte raison quand ils étaient guides : ça faisait bien pour les clients. Surtout s'il s'agissait d'intrépides mémères qu'on tient par le fond de la culotte pendant la traversée de la mer de Glace.

Néanmoins, le Jacques Balmat qui s'arrêta pour saluer Réno était un guidos de première catégorie. Il aimait bien Réno pour deux raisons. Primo, Réno était un bon alpiniste. Secundo, il avait du fric. L'idéal pour un guide.

— Alors, en forme cette année, monsieur Réno ?

— Tu sais, il faudrait le dire vite.

Les rapports entre un guidos et son client ont ceci de charmant que le guidos s'oublie, en course, jusqu'à insulter le client, à cause de multiples glissades (« nous foutra en bas, ce con-là !... »), d'une corde emmêlée

(« Encore un paquet de nouilles ! Tu l'fais exprès, bordel de bordel ! »), d'un refus d'avancer plus vite aux heures de tourmente (« Si t'avances pas j'me décorde… j'ai jamais vu un dégonflé pareil !… »), et que ce même guidos balance du « monsieur » au même client dès le retour dans la vallée.

L'alpiniste oublie les mauvais moments avec une aisance qui relève de l'amnésie. Sinon il n'y remettrait pas les pieds… C'est le coup d'éponge de la montagne, les lavages de cerveaux en série.

— On commencera par du facile, dit Balmat. C'est le grand beau. Les courses de rochers sont en super-condition.

Il leva la tête vers les sommets.

L'aiguille Verte, les Drus, les Charmoz, le Grépon et le reste de cette écrasante muraille de granit qui vient épauler le mont Blanc.

Le roc était sec. Il ricanait à belles dents. En bonne ou mauvaise condition, il bouffait sa ration d'alpinistes chaque année.

— Il faut en profiter, on n'a pas eu un été pareil depuis quinze ans, affirma Balmat.

Il disait vrai. Le secteur était le domaine de l'imperméable, du pépin, du ciré et de toute matière capable de protéger de la pluie, la fine, la moyenne et la torrentielle.

— Tu n'as qu'à passer au chalet et on en discutera, dit machinalement Réno.

— Je viendrai ce soir, s'empressa-t-il de répondre.

Il y avait le fric et la saison à écluser. Il y avait aussi la frimousse d'Éliane. Déjà, l'année précédente, elle avait accordé ses faveurs au jeune Balmat. Dans son enthousiasme, elle avait même écrit à une copine qu'elle venait de « dénicher un montagnard doté d'une magnifique petite tête de brute, une vraie gueule de tueur ».

Jacques Balmat, au demeurant très gentil garçon, avait des petits yeux, le nez aplati, les pommettes asiatiques, des mains épaisses aux doigts carrés (il eût fallu le tirer par les pieds pour qu'il lâchât prise), le corps dur, la taille moyenne et l'intelligence chamoniarde.

Ses succès féminins se seraient comptés sur les doigts de la main d'un ouvrier de scierie maladroit et il rêvait mariage. Il ne voyait d'ailleurs pas pourquoi un homme refuserait d'épouser une pin-up additionnée d'une dot. Il connaissait mal les parents d'Éliane, mais elle semblait vivre dans la sainte terreur que son oncle apprenne qu'elle couchait avec son guide.

Le soir, il longea l'église et prit le raidillon qui montait chez Réno. Il ne s'imaginait pas en train de lui demander la main de sa nièce. Réno, géant richissime, lui en imposait.

Il grimpa jusqu'à la gare du téléphérique du Brévent et tourna à gauche. À une centaine de mètres, surplombant la vallée, face au panorama des aiguilles et des glaciers, la maison de Réno était entourée de fleurs (la marotte de sa sœur Claudine).

La bâtisse, une vieille ferme de style pur, restaurée à prix d'or (Claudine lisait dans *Marie-Claire* les arrangements bon marché des maisons de campagne — photos « avant » et « après »), s'épanouissait au centre d'un vaste terrain planté de sapins bleus. Sur un quartier de bois suspendu à des charmes, à gauche de l'entrée, on lisait, gravé au feu, *Le Tohu-Bohu* (appellation imposée par Éliane).

Une vieille grange restaurée dans les mêmes conditions servait de garage et de logement : Monique et Firmin en avaient donc pris possession.

Au souhait de Claudine : « J'espère que vous vous plairez à la montagne », Firmin répondit courtoisement qu'il se plairait partout au service de Madame, et Monique répondit qu'elle n'avait rien contre la montagne.

Jacques Balmat fut introduit dans la grande salle

basse de plafond, aux poutres apparentes. Le sol dallé de granit et la cheminée centrale avaient déjà eu les honneurs de la revue *Réalité*.

Le guidos fut invité à s'enfoncer dans un canapé de cuir dont la patine distinguée lui avait toujours échappé.

Il y avait Éliane, gentiment indifférente, sa mère, son père et son tonton Réno.

Monique tourniquait avec une table roulante. Réno regarda le guidos, son teint cuit par les intempéries et le soleil des cimes, et il pensa au bonheur simple qu'ils avaient connu ensemble en haute montagne, ficelés à la même corde.

— On pourrait attaquer[1] après-demain si vous voulez, proposa-t-il à Réno. Demain j'ai une cliente pour les petits Charmoz.

— J'espère qu'elle est jeune et jolie, cette cliente, susurra Éliane.

— Je… elle… je ne la connais pas… c'est… c'est mon tour de rôle[2] au bureau des guides, bredouilla Balmat, qui eût préféré gambader dans une avalanche que de finasser avec Éliane.

— Ça te ferait un bien fou de partir en montagne, dit Claudine à son frère.

— Peut-être, fit-il.

— Auriez-vous l'intention de vendre le matériel d'alpinisme qui occupe la moitié du garage ? lui demanda Hubert, incrédule.

— Monsieur Réno, vous pensez abandonner la montagne ? demanda le guide sur le ton d'un reproche.

— Tu te souviens de ce que je t'ai dit à Paris, rappela Éliane.

1. Attaquer : en langage alpin il s'agit de l'empoignade entre le petit alpiniste et la grande montagne.
2. Le tour de rôle est la mamelle du guide. Les clients s'inscrivent au bureau et sont équitablement distribués aux guides.

Bien plus que des histoires de montagne et de femmes, le fait de ne pouvoir se dégager du chantage exercé par Linder était un réel signe de vieillissement.

Réno se mit à regarder sa vie de l'intérieur et à écouter les doléances de la famille et du guidos d'une oreille de témoin, de visiteur étranger à l'action.

Il se laissa littéralement pousser vers la montagne par un concert d'encouragements, lui qui, toute sa vie, avait lutté pour imposer aux siens sa passion de l'alpinisme. On craignait les accidents, etc.

Aujourd'hui la montagne se dressait comme un remède.

— Quand on grimpe on ne pense pas à autre chose, dit Balmat.

— Ce n'est pas gentil pour ceux qui restent, ce que vous dites là, minauda Éliane.

Oui, en montagne on ne pensait qu'à se cramponner à des prises pour sauver sa peau, on ne pensait qu'à ne pas mourir. À moins que la vie ne soit devenue impossible à traîner…

— On pourrait monter au refuge du Couvercle et on ferait l'arête du Moine, proposa Balmat.

Réno acquiesça d'un signe de tête, ce qui lui valut, le surlendemain, de se retrouver en golf court, grosses godasses et sac au dos.

Il emportait un casque contre les chutes de pierres.

— Monsieur nous quitte ? demanda Firmin.

— Au cas où vous ne l'auriez pas remarqué, il y a des montagnes autour de nous et elles attendent que nous grimpions dessus. Si le cœur vous en dit, il y a une place pour vous…

— Non, merci. Je n'aime pas courir des risques inutiles. Je vous conseille simplement de ne pas revenir après les délais fixés par M. Linder.

— C'est moi que cela regarde, trancha Réno.

Il traversa Chamonix à pied. La foule colorée allait du sempiternel pékin au Kodak sur le ventre, jusqu'au dur de dur aux vêtements rapiécés et à la barbe en éventail, l'énorme sac délavé, la quincaillerie[1] bien en évidence, l'enjambée longue et harassée, l'œil souvent dédaigneux.

Réno venait à Chamonix depuis plus de vingt ans. Il remonta l'avenue de la gare en saluant de nombreuses connaissances.

Balmat l'attendait à la gare du Montenvers[2]. Il était quatre heures de l'après-midi. Il y avait queue pour prendre le train et celui qui se pointait trop tard au refuge était bon pour jouer les fakirs toute la nuit, couché sur une table.

Le goût de la montagne ayant augmenté avec les années. La mer de Glace s'apparentait aux grands boulevards, avec cette différence que, sur la mer de Glace, les gens qui se croisaient se saluaient.

Balmat et Réno mirent trois heures pour atteindre le refuge du Couvercle, situé à 2 687 mètres d'altitude. Le soleil tapait encore dur dans les égralets. Réno tirait une bonne langue, celle que l'on tire habituellement en débarquant de la ville.

Le refuge pouvait abriter deux cent cinquante personnes. Il était comble. Ce qui ne plongeait pas les gardiens dans un état de bonne humeur. Réno retrouva le refuge et son ambiance avec plaisir, mais il laissa Balmat discuter d'une couchette disponible.

Réno ne pouvait pas blairer le gardien. Il jugeait que le bonhomme n'avait pas assez de valeur pour se montrer aussi lunatique. Ancien guide, il ne professait plus, depuis qu'il était tombé, comme une poire blette, de la

1. Pitons, mousquetons et objets métalliques employés dans l'escalade artificielle.
2. Train à crémaillère qui monte à la mer de Glace.

modeste fissure de la N.N.E. de l'aiguille de l'M. Quant à son fils, Réno trouvait qu'il vendait un peu trop de bretelles[1] aux néophytes.

Réno mangea rapidement une soupe et une omelette et, déclinant l'invitation d'une bande de sans-guide de ses amis installés dans la salle des réchauds[2], il chercha vainement des sabots réglementaires en caoutchouc et monta en chaussettes jusqu'au dortoir n° 4.

Ils se levèrent à quatre heures du matin et quittèrent le refuge vers cinq heures.

Ils longèrent le névé à la base de l'aiguille du Moine pour aller chercher la cheminée d'attaque qui conduisait à l'arête.

Ensuite, tantôt sur le fil, tantôt sur un versant, tantôt sur l'autre, il s'agissait de remonter l'arête jusqu'au sommet.

Balmat se mit à activer la cadence, doublant deux cordées dans la première cheminée facile.

Réno suivait. Chacun portait quelques biscuits dans la veste d'escalade, et deux citrons pour la soif.

Balmat était partisan du minimum de charge afin d'obtenir le maximum de rapidité.

Le guide, fort de sa connaissance de l'itinéraire, essaye de revenir au refuge le plus vite possible. La cavalcade est donc le rythme naturel des guidos, surtout ceux de la nouvelle vague.

Réno enchaîna passage sur passage et toute la variété des dalles, dièdres et cheminées de la course. Ses muscles répondaient bien. Sa technique ne datait pas d'hier. Balmat n'étant pas bavard, ils fonçaient sans s'adresser la parole.

---

1. Vendre des bretelles : se pousser du col pour tenter de se faire passer pour un surhomme.
2. Salle réservée aux alpinistes qui préfèrent préparer leur propre cuisine sur leur propre réchaud avec leur propres vivres, plutôt que de se faire étrangler.

Ils débouchèrent au sommet (3 412 mètres) avant dix heures, avec plus de deux heures d'avance sur l'horaire. La cavalcade se poursuivit sans raison apparente dans la voie normale de la descente.

À midi ils étaient au refuge. Ils reprirent les sacs et la cavalcade chronique du guidos les entraîna en vue de la gare du Montenvers à deux heures de l'après-midi.

Soudain, Réno s'immobilisa et contempla l'aiguille du Dru. D'une incomparable esthétique, l'harmonieux jet de granit d'un kilomètre de haut présentait, depuis cette extrémité de la mer de Glace, ses trois redoutables voies : le pilier Bonatti, la face ouest et la face nord, que l'on devinait un peu en retrait.

— J'ai envie d'y retourner, dit simplement Réno. Balmat savait que Réno avait vaincu les trois itinéraires au fil des années précédentes avant de le choisir comme guide.

À cette époque-là Réno faisait équipe avec des amateurs célèbres, demeurés d'irréductibles « sans-guide ».

— Laquelle des trois ? s'informa prudemment le guidos.

— Rassure-toi, je me contenterai de la face nord. Tu vois, dit-il, les yeux rivés sur l'aiguille légendaire, cette face nord a été ma première grande course. J'étais avec Damey.

Balmat se souvenait que le type s'était tué dans l'Oisans à Ailefroide : chute de pierres. La liste était longue.

— D'accord, fit Balmat. Quand voulez-vous ?

— Demain… Nous partirons demain, répondit Réno les yeux sur le sommet. (Il se remit en marche vers la vallée.) Je ne peux pas reculer davantage, dit-il encore.

Le guidos pensa que son client se fixait des dates rigoureuses, s'assignait des buts inflexibles. En un mot qu'il se bottait le cul pour continuer à faire de la montagne. Ils étaient nombreux à se botter le cul, à se bluffer sur leur courage, à prier Dieu dans les refuges pour que la tempête se lève et que la course devienne impossible. Ensuite ils oubliaient. Et l'année suivante, ils remettaient ça.

La fameuse amnésie ne risquait pas d'effleurer le crâne de Réno : en descendant l'avenue de la gare pour rentrer chez lui, il rencontra Monique sous les arcades. Elle léchait les vitrines.

Elle lui sourit en inclinant la tête. Il lui présenta un visage dont la fatigue accentuait la gravité et s'éloigna.

Son guidos lui offrit un godet au bistrot des guides, face au bureau, place de l'église. Il accepta, trinqua rapidement à la réussite de la course du lendemain, lui glissa avec tact des billets dans la poche de sa chemise, comme on rembourse une dette à un ami, et prit congé. Balmat savait, sans avoir besoin d'y toucher, que le prix de sa course d'aujourd'hui était plus que largement payé.

Réno se rendit chez Gaffier à la Hutte, magasin d'articles de sport.

Il sympathisait avec Gaffier, un grand zèbre nonchalant. Il y a des mains que l'on serre avec plaisir. Il lui acheta du matériel. Il le lui acheta avec précision, sans l'ombre d'une hésitation, comme s'il en avait longuement mûri la liste, et il grimpa chez lui.

Il s'enferma dans sa chambre. Les murs de bois sombre étaient nus. Derrière une vitrine rustique, il y avait une collection de cristaux ramenés de la montagne. Un lit savoyard était encastré dans une alcôve. Il avait presque la forme d'une barque très ancienne. Le bois était piqueté. Il y avait une table espagnole à ferrure sauvage datant de la Renaissance et, sur cette table, une enveloppe fermée à son nom.

Il la décacheta. *Après-demain soir le temps de ta réponse sera venu. Je souhaite qu'elle ne soit pas mesquine, qu'elle s'élève à la hauteur des sommets que tu aimes, qu'elle m'épargne l'obligation de nous précipiter, toi et moi, dans les abîmes. Ton ami. L.*

Il avait toujours la même petite écriture humble, presque primaire. Réno sortit son briquet et brûla la lettre. L'enveloppe n'était ni timbrée ni oblitérée. Elle avait été remise en main propre. Linder était peut-être déjà à Chamonix. Réno brûla l'enveloppe.

Il donna un tour de clé à la serrure pour qu'on ne le dérange pas. Il mit un disque et s'allongea sur le lit : Saeta, la passion du Christ, que Miles Davis faisait revivre à la trompette.

Réno ferma les yeux. Ces accents écoutés cependant à maintes reprises jouèrent de son corps comme d'une harpe, le parcourant de frissons de la nuque aux chevilles. Il se sentait à la fois faible et résolu.

Quelqu'un essaya d'ouvrir la porte et frappa. Il ne répondit pas. On s'éloigna.

La trompette de Miles Davis ouvrait le domaine de la solitude, de la dignité dans la souffrance et, brusquement, lorsque les cuivres éclatèrent pour illustrer la présence des soldats, Réno eut la sensation d'être soulevé par les aisselles. Et les petites notes simples, déchirantes comme de la chair en lambeaux, reprirent. Elles racontaient que celui qui allait mourir était plus fort que les vivants.

On essaya encore d'ouvrir sa porte. La personne devait entendre la musique.

— C'est moi, Claudine ! Tu n'es pas malade au moins ?

Il ne répondit pas. Éliane se pointa une heure plus tard et il ne lui répondit pas davantage.

Lorsque Monique vint gentiment frapper à son tour et lui signaler que « le dîner de Monsieur était servi », il ordonna que l'on se mette à table sans l'attendre.

Dans la soirée, il pria Claudine de le rejoindre. Elle pénétra dans la chambre de son frère au son du même disque inlassablement mis et remis. Elle lui lança un regard interrogateur. Il se poussa afin qu'elle puisse s'asseoir sur le lit. Toujours allongé, il croisa les mains sous sa nuque.

— Demain, je vais sur la face nord des Drus avec le petit Balmat, commença-t-il d'une voix calme. C'est un endroit où il peut arriver n'importe quoi, alors j'ai tenu à t'en parler.

— Tu m'inquiètes, Jean. Depuis Paris, tu m'inquiètes beaucoup.

— D'être prévoyant n'a jamais fait mourir personne. De nos jours, chacun devrait rédiger son testament dès qu'il met les pieds dans une voiture.

— Pourquoi faire une ascension tellement dangereuse si tu es fatigué ? Tu ferais mieux d'aller avec nous à la piscine, dit-elle.

— Je ne suis pas fatigué.

— Et puis j'ai reçu une lettre de Sainte-Maxime. Quand nous irons, nous ne pouvons quand même pas garder deux chauffeurs et deux femmes de chambre ? Et nous ne pouvons pas renvoyer les plus anciens sans aucun motif.

— Nous n'en sommes pas là, dit-il. Nous renverrons les nouveaux. Ils avaient juste besoin d'un certificat de travail de trois mois.

— Tout ça me paraît bien compliqué, soupira-t-elle.

Il se leva d'un coup de reins et arrêta le tourne-disque. Il écarta les rideaux. La nuit était venue. Les aiguilles se découpaient sur le ciel. Les étoiles et la pleine lune y ajoutaient une note théâtrale.

Réno marcha de long en large et recommença à parler. Claudine écoutait. Elle quitta la chambre de son frère tard dans la nuit.

Elle rejoignit Hubert, son mari. Elle avait les yeux rouges.

5

Réno décida de partir le lendemain matin. Il aurait pu partir dans le milieu de l'après-midi pour rejoindre tranquillement la base des Drus et y bivouaquer.

Il préféra partir le matin pour couper avec la vallée, le monde, les questions. Au seuil de sa décision, acculé par l'écoulement des heures, il n'aspirait qu'au dépaysement et à l'univers figé et silencieux du granit étreint par les glaces.

Il se fit conduire par Firmin jusqu'à la petite gare du train du Montenvers. Il descendit de la voiture, son sac à bout de bras. Il était lourd.

Il tendit la main à son chauffeur d'occasion, qui hésita une seconde et la serra. Les gens qui reluquaient ce cousu d'or serrant la main de son larbin pensaient que c'était du socialisme à la petite semaine.

— À demain soir vers neuf heures. Ça sera juste l'heure de ma réponse, dit Réno.

— Au revoir, fit l'autre, un peu chamboulé.

Réno passa un seul bras dans les bretelles de son sac.

— Il est possible que demain nous redescendions trop tard et que nous passions une autre nuit en montagne. Linder attendra bien une nuit de plus, dit Réno.

— Ça serait le maximum…

— Je m'en doute, dit Réno. (Il découvrit Balmat qui attendait près du contrôleur.) Si tu vois Linder entre-temps, tu lui diras que la saloperie c'est comme le plomb : ça vous fait couler à pic, ajouta Réno, qui rejoignit le guidos.

Une heure plus tard ils traversèrent la mer de Glace à la hauteur de la grotte aux mille touristes, laissant à leur droite les routes des refuges pour gagner les moraines croulantes et verticales qui mènent au torrent du Nant Blanc.

Il y eut de la verdure, puis d'autres vieilles moraines. Mais plus jamais de verdure.

Ils montaient vers le rognon, ce dernier entablement sur lequel s'appuie le grand névé conique qui enserre la base de l'aiguille.

Ils installèrent leur bivouac le plus près possible de l'attaque. Balmat soupesa le sac de Réno.

— Il est trop lourd, dit-il.

C'était un reproche. Sous-entendu : « Qu'est-ce que ce ramolli a bien encore emporté comme trucs inutiles ? » Balmat pensait à la vitesse, à la grande face sur laquelle il n'était pas recommandé de s'éterniser.

— Ce n'est pas toi qui le portes, répondit sèchement Réno.

Ça n'engageait pas à discutailler. Le guidos alluma le petit réchaud à gaz et mit de la neige à fondre dans une gamelle. Ils mangeraient de la soupe et des raviolis et ils boiraient du thé ou de la tisane à s'en faire péter la sous-ventrière, pour se permettre de passer la journée du lendemain sans boire ni manger.

Ils déblayèrent les pierres inégales et s'allongèrent à l'abri d'un rocher. Le rocher les isolait de la paroi nord et ils regardaient le ciel au-dessus de la vallée.

Ils avaient des vestes en duvet, les jambes dans un pied d'éléphant, et des bonnets de laine enfoncés au ras des sourcils.

La vallée se devinait dans le lointain. Ils n'en voyaient pas le fond. Ils n'étaient pas assez haut. Ils le verraient demain.

Réno ne s'endormait pas. Ils bivouaquaient dans le secteur pour la quatrième fois. Il essaya de penser à ses compagnons des trois autres fois. Aux morts et aux vivants.

L'un d'eux vendait des lunettes rue Saint-Placide, une petite boutique, et il riait tout le temps. Un autre usait des étaux chez Citroën et rigolait encore davantage, si c'était possible. Dans leur existence simple il n'y avait aucune place pour un type comme Linder. Il n'avait rien à y foutre, dans leur existence.

L'étoile polaire lui faisait de l'œil. S'il envoyait Linder sur les roses, il verrait toutes les étoiles derrière les barreaux. Et la lune en prime, avec tous ses quartiers en détail. Il aurait même le loisir de comparer leur exactitude d'année en année…

Les preuves que Linder avait en poche interdisaient à Réno de nier. Il ne lui restait que la pleurnicherie et un bon avocat : cinq ans et la confiscation des biens, au grand minimum.

La vie en mille morceaux, comme un beau vase brisé par un galopin. Couché sur le dos, les reins épanouis sur la dure, Balmat ronflait.

« Et si j'accepte, pensa Réno. Si j'accepte de passer les types, j'ai au moins quatre-vingt-quinze chances sur cent d'être coincé par une brigade spéciale et d'en écoper pour vingt ans. Je ne pourrai même pas évoquer le chantage, ma seule circonstance atténuante. »

Cercle vicieux au possible ; s'il parlait du chantage, il authentifiait d'un seul coup la confession de Linder, et s'il ne parlait pas il aurait autant de chances d'en réchapper qu'un nouveau-né poursuivi par une meute.

Le froid descendait. La face nord veillait sur les deux

petits hommes. L'aiguille avait perdu son architecture élancée. Lorsqu'on l'approchait, elle s'écrasait comme si elle désirait paraître plus accessible.

Réno se demanda si la dernière longueur, sous le sommet, n'était pas tapissée de verglas. Le guidos se mit à ronfler. Réno lui expédia un coup de coude qui le fit changer de position. Il ne ronflait plus.

Réno se leva. Il était deux heures du matin. Il fit quelques pas dans le silence. Les mains dans les poches, il contempla les hérissements et les coupoles de cet univers de sommets.

Depuis qu'il connaissait sa réponse, il s'évadait de l'angoisse. La montagne ne lui avait encore jamais menti. Avec elle, il avait toujours su à quoi s'en tenir. Elle simplifiait tous les problèmes, les ramenait à l'essentiel : la vie ou la mort.

Si dans la société des vallées il existait mille manières de vivre (à plat ventre, à genoux, à quatre pattes, mi-tortue mi-reptile), en haute montagne ceux qui vivaient vivaient debout. Même ceux que la foudre surprenait, on les retrouvait debout.

C'était ça la réponse de la montagne, cette réponse que Réno faisait sienne : vivre debout ou mourir. Et avec un poids comme Linder sur les épaules, il était difficile de rester debout.

Jusqu'à quatre heures du matin, semblable à un fantôme, silhouette grise sur le fond blanc et noir, il circula aux abords du bivouac, butant parfois contre une pierre noyée dans l'ombre.

Enfin, il réveilla le guidos. Ils burent du thé chaud et bouclèrent les sacs sans échanger une parole.

Ils coiffèrent leur casque et le guidos équipa le sien d'une lampe frontale. Ainsi transformés en mineurs de surface, ils partaient à la recherche de quelque fabuleux trésor, en s'élevant vers les étoiles persistantes.

La neige était dure, glissante. Ils chaussèrent les crampons pour éviter la taille des marches. La pente du névé se redressa. Réno était derrière. Il ne regardait pas les talons du jeune Balmat.

Il regardait les grandes lèvres de la rimaye. Elles béaient et ils durent s'encorder. Ils descendirent d'abord dans la crevasse, jusqu'à un pont de neige . Une courte échelle et un piton à glace vinrent à bout de l'autre versant de la rimaye.

Le guidos se rétablit sur ce bord supérieur et assura la montée de Réno.

Après ce hors-d'œuvre acrobatique ils touchèrent au plat de résistance : le granit.

Balmat prépara une demi-douzaine de mousquetons[1], un coin de bois[2] et trois pitons de différentes formes.

Il s'apprêtait à suspendre cette quincaillerie à son baudrier pour effectuer son boulot de leader. Réno devança son geste et s'empara du matériel. Il y ajouta un marteau.

La bobine stupéfaite du guidos relevait de la caricature.

Réno éteignit la lampe frontale que l'éclairage laiteux de l'aube rendait superflue.

— Si ça ne te fait rien je vais passer devant, car je tiens à finir en beauté, dit Réno.

— Alors vous pensez toujours à abandonner la montagne ?

Réno inclina la tête en avant, ce qui pouvait, à la rigueur, être interprété comme un acquiescement.

---

1. Crochets ovales fermés par un ressort. Le premier de cordée les passe dans un piton enfoncé dans une fissure et passe ensuite la corde dans le mousqueton. De la sorte, le second de cordée peut enrayer une chute éventuelle en opérant une traction sur la corde.

2. Plus volumineux qu'un piton de fer, il permet un coincement dans une fissure large. Le coin de bois est muni d'une cordelette et rend les mêmes services qu'un piton.

— Si vous passez devant on pourrait changer de sac, dit Balmat.

Réno ne répondit pas et s'attaqua à la paroi.

— Votre sac est trop lourd pour passer devant, répéta le guidos.

— On verra ça plus tard, répondit Réno.

Il était déjà à une dizaine de mètres au-dessus. Balmat leva vers lui un visage inquiet.

— Quand vous vous sentirez moins bien, faudra le dire, insista le guidos.

— Et ta sœur, comment elle se sent ? dit Réno.

Mais il était trop loin pour que Balmat puisse l'entendre.

Arrivé en bout de corde, c'est-à-dire trente-cinq mètres (la corde en mesurait soixante-dix mais il était habituel de la doubler), Réno fit monter le guide.

La suite était évidente. La grande niche (un névé accroché en pleine paroi dans une vaste dépression) barrait la face. Il fallait la contourner à droite. Malgré les années Réno se souvenait du moindre détail de l'itinéraire. Un alpiniste n'oublie plus l'aspérité qui lui permet de poser le pied ou la main et lui facilite le passage ardu.

Longueur de corde après longueur de corde, Réno s'élevait, expirant l'air dans un bruit de locomotive, suivant le degré athlétique du passage, épié par les yeux angoissés du guidos comme s'il était menacé de tomber à chaque mètre.

À la hauteur de la niche, il y avait une étroite cheminée très pénible à ramoner. Ils se débarrassèrent de leurs sacs.

Réno gravit la cheminée à force de han ! et de hisse ! En bas, le guidos attacha les deux sacs sur un des deux brins de la corde, et s'attacha à l'autre brin.

— Tirez les sacs sur la jaune et assurez-moi sur la rouge ! hurla-t-il.

58

La corde était bicolore. Trente-cinq mètres jaune et autant en rouge. Tout le long d'une ascension on parlait couleur : « Du mou sur la jaune ! Bloque la rouge ! Non, pas la jaune, la rouge, bordel de Dieu ! » etc.

Réno tira la jaune et les sacs. Pour gagner du temps le guidos poussait les sacs de la tête et des épaules, raclant la cheminée comme un damné.

Parfois, pendant que Réno reprenait une brassée de corde, le guidos supportait le poids des deux sacs et il vivait mille morts pour demeurer coincé dans la cheminée. Il aurait pu, sans risque, se laisser pendre au bout de la corde, soutenu par Réno. Il en faisait un point d'honneur : le guide gigotant comme un pantin au bout de la corde de son client, ça, non ! C'était la honte à perpétuité. La risée de toutes les Alpes si la chose venait à se savoir et, en montagne, tout s'apprenait un jour ou l'autre.

Réno tendit la corde et Balmat sentit les sacs s'alléger.

— Merde ! Qu'est-ce que vous avez fourré dans votre sac ? grogna-t-il.

Réno récupéra les sacs, reprit le sien, confia au guidos le soin d'ordonner la corde et poursuivit l'ascension en tête.

La fissure Lambert, la fissure Martinetti… Les passages cotés tombaient comme des épis mûrs…

Cependant que les passages les plus vaches n'avaient pas de nom. Cela venait peut-être aussi de la fatigue. Ils grimpaient depuis sept heures. Réno estima que le sommet était à deux heures de là.

La paroi était verticale et chacun des passages ressemblait étrangement à un mur. Réno se battait comme un chien pour prendre pied sur une petite vire, lorsque les muscles de son bras gauche se tétanisèrent.

Il redescendit de quelques centimètres ; il se maintenait avec un pied coincé en travers dans une fissure et la main droite dans une prise transversale. Le guidos était vingt mètres plus bas.

Entre eux il y avait un piton, à mi-chemin. Ce qui ferait un vol plané de dix mètres multipliés par deux pour Réno s'il dévissait[1].

Réno laissa pendre mollement son bras gauche pour en reposer les muscles.

— Ça va ? cria le guide, inquiet de ne plus sentir filer la corde.

Réno ne répondit pas. Il rassemblait ses forces et rien n'épuise autant que de hurler.

Son bras gauche n'était pas encore décontracté que déjà le bras droit durcissait. Les secondes le tiraient par les pieds vers le vide effrayant.

— Ça va ? hurla le guide.

Il avait passé la corde autour de ses épaules, s'apprêtant à enrayer la secousse d'un corps lancé par vingt mètres de chute libre.

Réno tira sur son bras droit et se développa sur le pied coincé dans la fissure. Il posa la main gauche sur la vire et amorça le rétablissement sauveur. L'effort demeura à hauteur de poitrine. Le bras droit eût peut-être permis d'achever le rétablissement mais Réno n'osait plus le placer à côté du bras gauche.

La main droite agrippait, cinquante centimètres sous la vire, la prise qui permettait à Réno de redescendre à la position première. S'il lâchait cette prise sans pourtant parvenir à achever le mouvement supérieur, il n'aurait plus ni le temps, ni la précision, de récupérer la prise pour redescendre. Il savait qu'il ne l'aurait plus. Il glisserait implacablement de cette satanée vire sur laquelle il ne pouvait pas mettre le genou, et encore moins le pied.

En escalade, il est inélégant de poser le genou. L'es-

---

1. En langage alpin le grimpeur qui lâche prise est comparé au dévissage d'une vis.

thétique et la souplesse imposent de poser le pied à la hauteur de la main et parfois même du visage.

Le danger de mort et l'esthétique s'accordant mal, Réno se serait contenté d'une prise de nombril, pour ce ventre qui perdait de la hauteur millimètre après millimètre.

Il appuya le menton sur le granit à côté de sa main gauche et son corps s'arrêta.

— Pitonne ! hurla Balmat.

Il est notoire qu'en période critique le second de cordée énonce les pires inepties.

— Pitonne ! hurla-t-il de plus belle.

Ça voulait dire : Prends un piton d'une main, un marteau de l'autre, choisis posément une fissure et enfonce le piton avec la sûreté d'un ouvrier confortablement installé. Réno ferma les yeux. Le pied coincé dans la fissure était tellement engourdi qu'il ne sentait plus si le coincement tiendrait ou pas.

— Pito...o...on...ne !

L'écho étirait les conseils de Balmat. Ils ondulaient comme un sanglot. Réno crispa sa main droite et redescendit ; ce n'était déjà plus la position de repli des minutes précédentes.

La fatigue s'insinuait entre la muraille et lui, l'écartant de cette muraille avec la force progressive d'un cric. Et le poids infernal du sac abondait dans le même sens. Il essaya d'attraper de la main gauche un des pitons suspendus à son baudrier du côté droit.

— Si ça fait pas, essaye de descendre ! cria le guidos. Essaye de descendre !

Malgré le froid qui régnait sur la face nord, le guidos transpirait. Il n'avait pas confiance dans les deux pitons du relais. Il pensait qu'ils s'arracheraient sous la violence du choc et que la chute de Réno l'entraînerait par la même occasion. Il chercha désespérément un bloc ou un béquet rocheux pour y amarrer la corde. Il ne trouva rien. Il lui fallait se contenter des deux pitons plantés devant son nez. Il éprouva le plus élevé et le sentit plier. Il prit son marteau et l'enfonça à coups redoublés.

En l'écoutant, Réno comprit que Balmat attendait sa chute. Réno se décolla volontairement du rocher. Au-dessous de son pied coincé il y avait une prise en triangle, suffisante pour accueillir la bordure de la semelle. Il essaya de ramener le deuxième pied. Le mouvement le déséquilibrait. Il fallait décoincer l'autre pied, le poser immédiatement sur l'aspérité triangulaire. De là il atteindrait la vire au niveau du ventre et le rétablissement ne serait plus qu'une formalité.

— Essaye de descendre ! répéta le guidos.

Réno plaça sa main gauche dans la fissure à côté de la droite. Ses mains se touchaient. Il appliqua le pied gauche en adhérence sur la paroi verticale le plus haut possible. Tirant sur ses deux bras et poussant sur le pied, il décoinça le pied droit, le posa sur la prise triangulaire, et toute sa jambe bloblota[1] tragiquement.

— Mets le paquet ! Mets tout le paquet ! hurla le guidos.

Conseil ultra-linéaire. Jeter toutes ses forces dans un sursaut. Se jeter soi-même vers le haut pour contrarier la loi de la pesanteur. Balmat laissa filer un peu de corde en prévision du rush de Réno.

Sa jambe tremblait au point de dévier le pied de sa prise. Réno lâcha la main droite. L'espace d'une seconde il ne tint que sur l'infime triangle.

Les deux mains sur la vire, il l'enjamba dans un mouvement de coït, le corps allongé. À plat ventre, il savoura sa sécurité toute neuve.

— Sorti ! cria-t-il à Balmat.

---

1. Tremblement incontrôlable dû à la fatigue, qui secoue le grimpeur comme on secoue un prunier les jours de cueillette.

Le guidos soupira et attendit que Réno équipe le relais pour le rejoindre.

— Très joli, dit-il en prenant pied sur la vire.

Dans une cordée, le leader et le second ne cessent de se faire des ronds de jambe. Si le second oublie d'apprécier un passage (surtout si le leader en a bavé comme deux Russes), le leader pousse la putasserie jusqu'à demander : « Comment t'as trouvé ? Joli, hein ? » Rien de plus exaspérant qu'un second qui trouve « tout facile ». Pour un peu, on le précipiterait dans le vide.

— Je vais passer devant, vous avez besoin de récupérer, dit Balmat.

Ils n'étaient plus qu'à deux ou trois longueurs du sommet.

Il restait cependant un dièdre surplombant dont la sortie nécessitait un anneau de corde. Il existait en permanence. Il pendouillait, blanchi par les intempéries.

— Cette saleté pétera dès qu'on y touchera. J'en mettrai un autre, dit Réno.

— Je m'en occuperai. Vous allez passer derrière, décida le guidos.

— Je vais très bien, dit Réno.

Sa victoire le rendait optimiste. Il oubliait qu'il avait vaincu à la limite. Il confondait déjà une pénible victoire aux poings avec un fulgurant K.-O.

— C'est vous qui le dites ! ricana le guidos.

Réno le regarda dans les yeux. Ils étaient debout sur une confortable plate-forme. Le soleil brillait au zénith, atténuant le bleu compact du ciel et laissant la face nord dans une ombre totale.

— Tu pourrais répéter ? demanda Réno.

Le jeune guidos soutint le regard. Ils ne seraient ni les premiers ni les derniers alpinistes à se colleter pour un mot de trop.

— Vous êtes fatigué et votre sac est lourd. C'est pas une offense, répondit-il.

La voix calme était ferme. Le guidos ordonna ses mousquetons et vérifia machinalement la présence de son marteau.

— Ne t'inquiète pas pour mon sac et laisse-moi finir devant. J'y tiens beaucoup, insista Réno.

Balmat franchit d'autorité les deux ou trois mètres qui les séparaient de la suite. Il y avait une cheminée et le dièdre. Il se retourna pour voir si sa tête de mule de client était disposé à s'occuper de la corde, comme tout respectable second.

Réno, qui pensait plus que jamais à reprendre sa place de leader, regardait le sommet en soupesant les ultimes difficultés. Il eut soudain l'impression qu'un bloc oscillait au-dessus du guidos. La montagne s'inclinait en avant. La réalité se mêlait étroitement à une sensation de vertige et l'ensemble tanguait devant ses yeux.

Sans réfléchir, il empoigna la corde à pleine main et tira brutalement à lui, dans un effort qui le défigura.

La tension de la corde déracina le guidos et Réno le bloqua au passage d'un seul bras, sur son torse géant.

Le guidos se disposait à lutter contre la crise de démence de son client, lorsqu'un bloc de quelques tonnes rebondit à la place même qu'il venait de quitter malgré lui.

Le bloc se brisa dans un éclatement de foudre. Les deux hommes se serrèrent instinctivement l'un contre l'autre. Les blocs rebondissaient plus bas, se divisaient encore, entraînaient avec eux les pierres instables et cette artillerie assourdissait les deux hommes qui se sentirent ridiculement petits et fragiles.

Le roulement gronda tout en bas, s'engloutit dans les tréfonds des rimayes et se tut.

Au-dessus de Réno et de Balmat, il y avait la trace blanche laissée par le bloc en se détachant.

Muets, ils la regardèrent comme on regarde une plaie

qui, seule, témoigne du coup reçu. Le guidos frissonna à la pensée de l'écrabouillement auquel il venait d'échapper.

— Merci, dit-il à Réno.

— Tu vois que je ne suis pas encore cuit.

Le guidos approuva en dodelinant de la tête et Réno reprit sa place de leader.

— Mon sac est beaucoup moins lourd. Changez avec le mien, proposa encore Balmat, mais cette fois gentiment.

— Ça ira, répondit Réno en attaquant la cheminée.

Il trouva des prises pour la gravir à l'extérieur. Cette facilité relative lui libéra l'esprit et le souvenir de Linder en profita pour s'insinuer traîtreusement. Réno l'accepta. Il ne le craignait plus. L'unique solution était au sommet. Elle était tellement présente qu'il croyait la distinguer, assise à côté de la Vierge métallique que les montagnards avaient scellée au sommet du Dru. Elle était maquillée par la foudre.

L'altitude et les efforts répétés faisaient souffler Réno sans interruption, comme une très ancienne forge artisanale.

Balmat le rejoignit. Une cordée progresse comme une chenille. Elle s'arque, groupe ses extrémités, et puis la tête se lance en avant ; l'arrière attend patiemment qu'elle s'immobilise pour la rejoindre et s'en séparer encore, à l'infini.

Il ne restait plus que le dièdre à l'anneau de corde usé. Réno prépara un morceau de cordelette.

— Si le piton est douteux, changez-le aussi, conseilla le guidos.

Réno monta. Plus il approchait de l'anneau de corde, plus le dièdre se redressait. La sortie en était carrément surplombante. L'anneau ne serait pas un luxe.

Réno s'arrêta. En allongeant le bras il touchait le piton. Il tenait la cordelette neuve entre ses dents. Il s'éleva de quelques centimètres. Il se sentait bien équilibré sur ses pieds, et sa prise de main gauche était satisfaisante comme un tiroir entrebâillé.

Il tapota le clou de son marteau. C'était une grosse cornière solide au poste. Il jugea inutile de la changer et il y enfila la cordelette neuve. Il lâcha la prise de main gauche pour nouer la cordelette, avec des gestes très doux, imposés par les lois de l'équilibre.

Après, il tira sur la vieille cordelette qui se rompit immédiatement. Il passa un mousqueton et la corde d'assurance dans l'anneau neuf et se pencha en arrière pour saluer le guidos.

— Tiens, un petit souvenir ! lui cria-t-il en lui lançant la cordelette pourrie.

Balmat la saisit au vol et la mit en souriant dans la poche de sa veste d'escalade. Elle marquait, dans ses reliques, le piano à queue[1] qui l'avait frôlé.

Il imprima à la corde une traction lente et égale, de manière à aider Réno à se hisser. Le mousqueton fit alors office de poulie. Réno était maintenu sans fatigue à la hauteur de la taille. Il respira et attaqua le surplomb.

— Du mou, demanda-t-il.

Le guidos arrêta de tirer et Réno, en deux mouvements brusques, plaça son pied dans l'anneau, l'utilisa comme un étrier et avala le surplomb.

C'était fini. Au-dessus, la paroi s'inclinait. Sur la droite, un tunnel, étroit boyau naturel, long de trois ou quatre mètres, faisait communiquer la face nord avec la face sud, sur laquelle zigzaguait la voie normale de montée que ceux qui venaient de la face nord, de l'ouest ou du pilier Bonatti, empruntaient pour descendre.

— Prenons le tunnel, dit Réno.

---

1. Désigne un bloc particulièrement énorme lorsqu'il dégringole dans le vide.

— Vous ne voulez pas faire le sommet ? s'étonna Balmat.

Pour un guidos le sommet c'est sacré. Il n'y a même que ça qui compte. C'est le prix moral de la course, le haut du mât de cocagne.

— Pour la petite longueur facile qui reste on se la payera du côté sud. J'en ai marre, de cette face nord, répondit Réno.

— C'est moins élégant que de finir par ici, pinocha le guidos.

— Peut-être, mais je m'en fous.

À l'entrée du tunnel ils ôtèrent leur sac. Il était recommandé de ramper en les poussant devant soi. La corde était torsadée. L'ensemble, mal rassemblé après le dièdre, se tortillait à plaisir. C'était le « paquet de nouilles » qui avait donné à plus d'un alpiniste le furieux désir de passer la corde au hachoir (la perspective de l'addition les en empêche toujours).

Réno se débarrassa de son sac et se décorda. Le baudrier ouvert lui rendit la pleine liberté de ses mouvements. Il s'étira.

— On débrouillera ça au soleil, dit-il à Balmat qui se penchait déjà sur les nouilles.

— D'accord, fit-il en s'engageant le premier dans le boyau.

Il poussait son sac devant lui. Il déboucha en plein sud. Inondé de soleil, il plissa les yeux.

Il était sur la splendide et spacieuse vire de quartz. Tapissée de cristaux, la vire, en forme de banquette pour le repos de quelque géant mythologique, courait sur le flanc du Dru en s'amincissant.

Balmat tira la corde et se décorda à son tour pour la démêler plus aisément. Il guignait un groupe de cristaux et il pensait que ça ferait rudement plaisir à Éliane. Il prit son marteau et la voix de Réno lui parvint :

— Je pisse et j'arrive…

La voix était curieusement transformée par le tunnel.

Le guidos isola le mieux taillé des cristaux et tapa autour, assez loin pour l'extraire sans l'abîmer.

Un hurlement sauvage lui glaça le cœur. Il lâcha son marteau et se jeta vers le tunnel.

Tandis qu'il rampait comme un fou, le cri se modula, rendu plus terrifiant par l'éloignement.

Sur la face nord il n'y avait plus âme qui vive.

Le jeune Balmat se pencha. Au centre de l'avalanche des blocs, de leur roulement d'orage, il vit l'éclair rouge de l'anorak ponctué du point blanc du casque. Réno disparaissait comme un météore. Balmat mit ses mains en porte-voix pour hurler « Réno ! Réno !... ».

Plus rien ne tombait. Tout venait de tomber de plus de huit cents mètres. La montagne jugeait que c'était suffisant. Pour l'instant.

— Réno ! Réno ! Réno !...

Le guide hurlait comme un possédé. Il reprit haleine, la gorge en feu. Même les choucas respectèrent le silence. Ils planèrent, alertés par un instinct trouble. Ils piquèrent vers des points précis. Ils avaient l'habitude. Dans ces cas-là, ils s'échelonnaient. Dégustation à tous les étages. Le corps avait rebondi, éclaté... D'accroc en accroc il s'était éparpillé. Étendards de chair, de muscles et d'intelligence. Le reste devait dégouliner dans l'espèce de couloir collecteur de la base du Dru, nommé le dégueuloir. À juste titre.

Hébété, le guide ramassa des lunettes de soleil spéciales pour la haute montagne que Réno était sans doute en train de mettre en prévision du soleil de la face sud, lorsqu'un bloc l'avait emporté. Elles s'étaient coincées dans une fissure. Le verre droit était rayé.

Le guidos leva machinalement les yeux. La trace plus claire du bloc détaché racontait la tragédie. C'était simple et coutumier.

Il appela encore longtemps. Il ne voulait pas croire qu'il était seul. Il ne voulait pas se résigner à son impuissance ni à la mort de l'homme qu'il avait pour mission professionnelle de ramener vivant.

Un peu plus tard, lorsque sa voix lui refusa tout service, il grelotta. Et, comme il ne se décidait pas à regagner la face sud, il se mit à sangloter. Les yeux secs, il avait l'impression d'étouffer.

6

Victorine Securit s'engagea en trombe dans l'avenue Junot. Elle la remonta jusqu'à la rue Simon-Dereure, à main gauche. Elle prit le virage dans un crissement de pneus et ne stoppa son petit coupé BMW 700 qu'au centre d'une placette. La rue y mourait en cul-de-sac.

Âgée de quarante-cinq ans, Victorine Securit en portait trente-cinq. Et, en admettant qu'un œil lucide lui en donne cinq de plus, on la prenait quand même pour la petite amie de son fils Georges.

Elle claqua la portière. Elle habitait la dernière maison de la rue. C'était un coin de Montmartre qui recelait les derniers hôtels particuliers avec jardin.

D'un jaune tendre tirant sur le rose vieilli, la maison de Victorine dormait sous le lierre et un plateau vertical de lierre suspendu dominait la grille d'entrée.

Sur une discrète plaque de marbre de la teinte des piliers d'entrée, on lisait : *Agence Securit — Enquêtes.*

Victorine poussa la grille, grimpa d'un pied léger les cinq marches de pierre et trottina sur les dalles du jardin. La maison comprenait deux étages, sur trois fenêtres de façade au premier et une seule baie au second.

Le rez-de-chaussée était occupé par deux bureaux s'ouvrant de chaque côté d'un couloir. Au fond il y avait une cuisine et un office qui donnaient sur un autre bout de jardin, à l'arrière de la maison.

Elle ouvrit brusquement la porte du bureau de son fils. Il était vide. Elle ouvrit le sien. Il était également vide.

— Nounours ! Nounours !

— M. Georges est en haut, répondit une voix de femme en provenance de la cuisine. (Elle s'appelait Paulette. Elle servait les Securit depuis dix ans et elle leur flanquait ses huit jours deux fois par mois.)

— Est-ce qu'il a mangé, au moins ? s'inquiéta Victorine en poursuivant sa course dans l'escalier.

— Si vous appelez ça manger ! ricana Paulette.

— Il n'a rien mangé ! s'exclama Victorine qui, arrivant au premier, entamait le second étage sans ralentir.

— Dites plutôt qu'il s'est goinfré ! cria Paulette pour se faire entendre sans bouger de la cuisine.

Elle lisait les petites annonces de *Paris-jour.*

— Tant mieux, tant mieux, dit Victorine.

Elle fit irruption dans l'atelier-salon-living, cette grande pièce qui était tout ce qu'on voulait qu'elle soit.

Un jeune homme, qui portait de vingt-cinq à la trentaine, se tenait debout devant un curieux appareil : du plafond descendait une tige sur laquelle étaient fixés des sortes de bras en carton de différentes longueurs et de différentes formes, terminés par des objets hétéroclites allant du papillon desséché à la balle de ping-pong, en passant par la boîte à sardines vide.

Présentement, Georges remplaçait un bouchon de champagne par un moulin à café miniature, à l'extrémité du plus cylindrique des bras en carton. Toutes les couleurs de l'engin étaient criardes.

— Ah ! ça non ! protesta Victorine.

— J'aère mes angoisses métaphysiques, dit Georges.

Il avait la voix chaude et un peu sourde, lorsque le flegme l'empêchait d'articuler.

— Cette chose affreuse allait très bien dans ta chambre, dit la mère.

— Je te répète que mes angoisses ont besoin d'un public.

— J'apporte une affaire, coupa Victorine. Une affaire mirobolante.

Il l'enveloppa d'un regard indéfinissable. Elle s'était toujours ingéniée à lui en mettre plein la vue et il entretenait ce climat qui leur réchauffait le cœur.

— Le fils te complimente pour ta robe et le détective t'écoute, déclara-t-il dans un large geste du bras.

Elle s'installa dans un fauteuil, joignit ses longues jambes et tapota sa robe, dont on lui avait déjà vanté le drapé à déjeuner, et la discrétion avec laquelle elle évoquait son corps qui, son corps que, etc.

— J'ai déjeuné avec Charles Longwy.

— Ce sale nabot menteur ? fit Georges.

— Mon Nounours, ne sois pas aussi bêtement jaloux ! Les affaires commandent.

— Si j'étais jaloux tu m'aurais déjà donné maintes occasions de me pendre, plaisanta Georges.

— Tu es un mufle, mais je t'excuse parce que tu n'es qu'un homme, soupira-t-elle. Bref, par l'intermédiaire de l'agence Securit, M. Longwy t'offre des vacances.

— Ah ! s'il me prend par les sentiments… la nuit dernière j'ai rêvé des îles Baléares.

— Tu te contenteras de la montagne. D'ailleurs, aux Baléares, il y a des moustiques.

Elle avait un sac oblong en tapisserie et fermeture d'ivoire. Elle en sortit une liasse de coupures de journaux épinglées avec soin.

Georges se plongea dans le récit de la mort d'un

nommé Jean Réno, industriel, domicilié à Vincennes, avenue de la Dame-Blanche. Les titres des articles ne variaient pas : « Accident mortel à l'aiguille du Dru », « Nouveau drame de la montagne ».

Georges s'assit sur le tapis, les jambes croisées, ce qui était la preuve de l'intérêt qu'il prenait à la lecture. Sa mère lui jeta un regard en coin tout en allumant une cigarette.

Les journalistes relataient le récit du guide Jacques Balmat. Son client Jean Réno s'était tué vers midi. Catastrophé, le guide n'avait réussi à rejoindre la vallée que le lendemain soir, en passant par le refuge de la Charpoua.

À l'heure où les journaux mettaient sous presse, une équipe de guides volontaires venait de partir à la recherche des restes de Jean Réno, afin que la famille puisse l'accompagner à sa dernière demeure et se recueillir sur sa tombe.

— Ce monsieur était le plus gros client de Charles Longwy. En plus d'une foule d'assurances incendie, vol, transports de marchandises pour l'ensemble de ses affaires, il s'était assuré sur la vie pour la bagatelle de huit cent mille francs.

« Quatre-vingts millions ! » pensa Georges qui ne pouvait se résoudre à compter en nouveaux francs.

— Il était assuré depuis longtemps ? demanda-t-il.

— Depuis une dizaine d'années. À cause de ses fréquents voyages en avion.

— Le boulot c'est une chose. Mais les sports dangereux ? Son assurance couvrait tout ?

— Absolument. Sinon Longwy ne ferait pas une tête comme ça. Je te jure que c'est un spectacle. Réno était assuré pour les courses de voiture, et même s'il lui avait pris l'envie de traverser l'Atlantique à la nage, l'assurance l'aurait couvert.

L'assurance devrait payer, mais elle n'était pas pressée de le faire. Et la compagnie La Fondation, dont Charles Longwy était responsable, n'échappait pas à la règle.

« L'éternelle histoire, pensa Georges, ils sont durs à la détente. Et que je te cherche la petite bête. Et que je te coupe un tif en quatre fois quatre… »

— Dans le cas présent, derrière quoi espère-t-il se retrancher ? demanda Georges.

— Il ne sait pas, le pauvre chéri ! Si je n'étais pas là pour le conseiller je crois qu'il paierait tout bonnement.

— Le conseiller ? ironisa Georges.

Elle leva les yeux au plafond pour prendre le ciel à témoin de la petitesse d'esprit des terriens.

— Tu ne vois donc pas que ce Réno s'est suicidé ou bien qu'on l'a précipité dans le vide !…

— Il faudrait s'entendre, répondit calmement le fils. On l'a poussé ou il s'est jeté ?

— Ne jouons pas sur les mots ! Dans les deux cas l'assurance ne doit pas un centime. Elle économise huit cent mille francs, et Longwy nous ristournera deux cent mille francs. D'ailleurs il m'a déjà signé un papier.

Elle déplia une lettre d'un geste sec. Le papier claqua comme un étendard sous un coup de vent. Georges jugea superflu de la lire. Il faisait confiance à sa mère. Quand elle se mêlait d'établir un accord, l'adversaire s'imaginait qu'il réalisait la meilleure opération de sa vie. Beaucoup plus tard, il apprenait qu'une virgule pouvait avoir l'efficacité d'une chausse-trape.

Georges se leva et bâilla. Il élevait le bâillement au niveau du rite. Il en tirait une volupté considérable. Il jouait des bâillements comme d'une harpe : des cils jusqu'au gros orteil.

— Alors, crime ou suicide, si je comprends bien ? conclut-il.

— Crime de préférence. C'est plus spectaculaire et

plus définitif dans l'affaire qui nous occupe, précisa-t-elle vivement.

— Ne nous emballons pas, dit-il en levant la main. Et ne recommence pas à prendre tes désirs pour des réalités.

— Mes désirs ! Mes désirs ! On ne te demande pas la lune, que je sache ? On te demande de trouver un assassin. De nos jours, ça foisonne !

Georges descendit dans son bureau et sa mère le suivit.

Elle parlait, parlait… Elle entendait déjà tomber dans sa caisse les louis d'or de la prime.

Georges ouvrit une chemise vierge et inscrivit « Affaire Réno ». Il y rangea les coupures de journaux et referma le classeur.

— … je te rejoindrai dans quelques jours et nous ferons semblant de ne pas nous connaître…, expliqua Victorine.

Georges acquiesça. Chacune de leurs enquêtes débutait comme ça : faire semblant de ne pas se connaître. Ce qui ne servait jamais à rien. Victorine ne concevait aucune réussite en dehors du mystère. Elle s'était séparée d'un mari qu'elle avait accusé à la longue de transparence. Il était philatéliste. Aujourd'hui encore le simple contact d'un timbre-poste nouait les nerfs de Victorine.

Elle avait refusé la procédure du divorce pour conserver le nom. À la vérité elle s'était inspirée de ce nom pour fonder une agence de police privée… Securit ! Tout un programme tartiné de filatures, de fausses clés, de lampes sourdes, de coups de théâtre.

— Si tu as une idée derrière la tête j'aimerais autant la connaître, dit Georges avec une pointe de méfiance.

— Tu sais bien que j'improvise, déclara-t-elle, magnifiquement. Et puis je dois surveiller l'affaire Vernelles et Colas.

C'était un adultère compliqué d'un chantage. Un vaudeville à califourchon sur un drame. Georges avait récupéré des lettres compromettantes que le nommé Vernelles essayait de racheter. Il ne s'agissait plus que de le laisser mariner et de refuser son argent. Pour récupérer les lettres, il devait rapporter un revolver qui eût fortement intéressé l'expert armurier de la préfecture de police.

— À mon avis, Vernelles acceptera l'échange dans les huit jours, dit Georges.

— Avec un peu de chance tu auras déjà découvert quelque chose à Chamonix, dit-elle d'un ton guilleret.

— Je te demande de ne rien promettre de semblable à ce sale nabot menteur de Longwy.

— Il te tient en haute estime, protesta-t-elle.

— Il n'y a pourtant pas de quoi, ricana-t-il.

Il venait de comprendre qu'elle avait dû lui promettre du nouveau dans un délai encore plus court. Et après, le client grognait, réclamait vingt fois par jour l'accomplissement des promesses. En principe, Georges s'opposait à cette méthode. Il voulait que l'agence Securit ne promette rien qu'elle ne puisse tenir. Vis-à-vis de Charles Longwy, ça le gênait moins. « S'il la ramène trop, je lui mettrai mon poing sur le nez avec joie », pensa-t-il.

Il boucla une valise légère, se glissa dans la cuisine pour embrasser Paulette dans le cou. Elle piaillait toujours que ce n'était pas convenable.

— Un peu de tenue, lui disait Victorine pour accentuer son trouble.

Les recommandations sur la nourriture, les courants d'air et le mal d'altitude étant prodiguées, Victorine passa au chapitre des accidents de voiture.

Il démarrait, qu'elle criait encore à son Nounours de ralentir en traversant les villages et à la sortie des écoles. Georges se pencha à la portière pour lui répondre que les écoles étaient fermées, bicause les grandes vacances.

Il avait un cabriolet 203 décapotable qui ne datait pas d'hier. Georges aimait à paraître moins que ce qu'il était réellement. Si un homme armé en vaut deux alors que l'on sait qu'il est armé, il en vaut quatre dès que l'on ignore qu'il est armé. Et Georges était persuadé de ça depuis longtemps.

En vertu de ce principe, la 203 de Georges avait des amortisseurs spéciaux, une direction directe de voiture de course, des freins à disques et un moteur qui déménageait à 195 kilomètres-heure chrono sur le circuit fermé de Montlhéry. Une carrosserie d'un gris amorphe, quelque peu égratignée, parachevait une mystification qui avait déjà rendu moult services à son auteur.

Il descendit de Montmartre vers Clichy et les Champs-Élysées. Au rond-point, il s'arrêta et longea à pieds les baraques des marchands de timbres rares.

Son père, Ferdinand Securit, tenait la cinquième baraque. Il avait des yeux très doux, des bras courts et des mains potelées. Victorine était l'amour de sa vie. Il n'avait rien compris aux motifs de leur séparation. Transparence. Il se répétait le mot, le soir, dans la solitude. Il n'avait même pas tenté de remplacer Victorine. Il s'arrangeait avec les putains.

— Bonjour, fiston, dit-il en voyant Georges.

Georges l'embrassait toujours près de la tempe et, en le quittant, il posait invariablement la main sur ses cheveux blancs.

— Tu sais, les deux bulgares, eh bien, je les ai ! dit le vieux. Il les lui montra, une petite flamme au fond de l'œil.

Georges se pencha sur la loupe et les détails d'un guerrier agenouillé apparurent. Il pensa que son père devait connaître le nombre de fils dont les franges de la tunique étaient faites.

Georges lui rendit sa loupe et posa sa main sur les cheveux blancs.

— Tu embrasseras ta mère, fiston.

Georges n'y manquait pas.

Il ne les jugeait ni l'un ni l'autre. Il les aimait. Il brancha la radio de sa voiture. Il y eut un truc sur la reine des lessives et *Europe flash*. Une voix anonyme dressait le bilan des noyades et accidents de ce début de vacances.

La montagne était à l'honneur. Deux alpinistes étaient tombés dans un couloir des aiguilles du Diable. Au total une chute de plusieurs centaines de mètres. Ce qui restait des deux hommes tenait dans un petit sac que des sauveteurs avaient redescendu à Chamonix.

Un des membres d'une caravane chargée de retrouver le corps de Jean Réno, tombé du sommet de la face nord des Drus quelques jours auparavant, avait eu l'épaule fracturée par une chute de pierres. La caravane avait dû rebrousser chemin. Pour l'heure, la montagne recelait jalousement le corps de l'industriel bien connu, etc.

Georges appuya instinctivement sur l'accélérateur. « Bon Dieu ! ils ne trouvent pas le corps », pensa-t-il. C'était encore mieux que le crime ou le suicide. Pas de cadavre, pas d'enterrement, donc pas de mort officielle. Du cousu main. L'assurance vie n'était payable que sur un cercueil ou alors après des délais de prescription d'une dizaine d'années. Et une prescription avait l'élasticité du chewing-gum. C'était le jeu des ouvertures et fermetures de procédure. Racine s'est échiné à expliquer le temps que pouvait durer ce genre de tripatouillage.

Georges coupa la radio et commença à se creuser la cervelle pour échafauder le scénario qui démontrerait à ce sale menteur de Longwy que, si on cessait de rechercher le corps de Réno, l'agence Securit y était pour beaucoup.

7

Il arriva à Chamonix dans la nuit. C'était le 18 juillet et le problème du stationnement se posait comme autour des Galeries La Fayette une veille de Noël. Il se gara devant la poste, le long d'un trottoir visiblement interdit, et entreprit de chercher une chambre.

Il était venu deux ou trois fois skier dans la vallée Blanche, à l'époque où il partageait la couche d'une sportive. Mais ils étaient venus directement de Megève. Dans Chamonix, Georges avait tout à découvrir.

Il s'avança dans la rue principale. Il voyait les gens attablés dans les salles de restaurant. Les gens dînaient tard. Ils venaient sans doute de sortir du cinéma.

Il alla jusqu'au bout du quartier du centre. La porte d'un établissement situé un peu en hauteur et intitulé Bar du Soleil s'ouvrit. Georges entendit les éclats d'une musique à la mode et il vit sortir quelques couples. Un très jeune type et une petite boulotte s'embrassaient sans vergogne au milieu de la rue et rejoignaient les autres.

Georges leur emboîta le pas. C'était un réflexe. La plupart des choses qu'il avait eu besoin de connaître au cours de ses enquêtes, il les avait apprises en suivant un homme, une femme et parfois même un enfant.

La bande le ramena vers sa voiture et s'engouffra à l'intérieur d'une boîte d'où ne filtrait aucune lumière. Sur les vitres aveuglées par un rideau, on lisait *Le Bivouac* et, un peu à droite, *Hôtel de Paris*.

Sur le seuil de la porte de l'hôtel, un grand zèbre barbu discutait avec un homme de petite taille dont la jeunesse de visage contrastait avec une chevelure poivre et sel très fournie. Le grand portait un épais pantalon rapiécé, des grosses chaussures, une chemise à carreaux et des bretelles. Le petit avait un polo beige, un pantalon de plage, des espadrilles.

Ils obstruaient la porte et ce que racontait le petit faisait trembloter la barbe du grand.

— Pardon, fit Georges.

Ils se déplacèrent à peine, sans le regarder, et Georges se faufila entre eux et la porte.

Malgré l'heure tardive, l'animation régnait à l'intérieur. Des clients sortaient de la salle à manger et traversaient le petit hall pour pénétrer dans Le Bivouac par une porte latérale, ce qui leur évitait de sortir dans la rue.

D'autres, au contraire, sortaient du dancing et montaient dans leur chambre. Du comptoir de la réception, Georges eut le loisir de contempler quelques jolies femmes de face, lorsqu'elles venaient du dancing, et de les suivre de dos, lorsqu'elles grimpaient dans les étages. Ce n'était pas désagréable. Il détailla plus spécialement l'ondulation d'une brune moulée dans un étroit pantalon. L'étoffe laissait espérer une rupture qui ne se produisait, hélas, jamais.

— Ça serait pour combien de temps ? demanda la fille aux cheveux longs et au visage triangulaire qui assurait la réception.

Georges se détourna à regret de la vue imprenable.

— Je ne sais pas, répondit-il.

Elle plissa le front et leva le sourcil.

— Huit jours ou deux mois ? Parce que pour huit jours j'en ai une, mais elle est retenue en août. Nous serions obligés de vous changer de chambre plusieurs fois si vous restiez jusqu'à la fin d'août.

— Ne vous cassez pas la tête, j'aime le changement, dit-il.

— Vous avez des bagages ?

— Je les monterai moi-même. Vous savez, en dehors du brin de cour que je viendrai vous faire de temps en temps, je suis le client rêvé, dit-il.

Elle lui décocha le sourire pincé dont se servent les femmes qui, tout en n'étant pas des forteresses, ne veulent pas qu'on les prenne pour des billes.

Georges s'installa au premier étage, chambre n° 19. La pleine lune éclairait les aiguilles. À droite, le grand dôme laiteux du Goûter et le mont Blanc. Un torrent, l'Arve, grondait à la base de l'hôtel. Georges huma l'air frais de la nuit. À sa gauche il y avait un massif isolé : le capuchon blanc d'une aiguille plus élevée et, en premier plan, défiant les lois de l'équilibre, un jet de granit. Confusément, Georges le contempla davantage. Il se laissait captiver comme par une basilique. Du moins croyait-il qu'il n'y avait que cette raison. Mais c'était le Dru.

Il se leva vers onze heures. Il n'aimait pas que les débuts, ni même les fins d'enquête, le tirent par les pieds. Il gambergeait au lit, les mains derrière la nuque.

Il descendit et compulsa un bottin de téléphone pour essayer de trouver l'adresse de Jacques Balmat sans rien demander à personne. Devant la liste des Balmat de la vallée, il referma posément le bottin.

— Vous êtes du coin ? demanda-t-il à la réceptionniste.

— Pas exactement, mais je commence à le connaître, fit-elle.

— Je cherche l'adresse d'un guide qui s'appelle Jacques Balmat.

— Je le connais très bien. Un jeune. Il vient souvent ici.

— Et il habite loin ?

— Dans un village, je crois. Attendez, je vais demander au patron. Monsieur Janin ! Monsieur Janin !

Un homme d'une quarantaine d'années sortit de la salle à manger. C'était le patron de l'hôtel. Longiligne, il salua Georges d'un signe de tête.

— Savez-vous où habite le petit Balmat ? demanda la réceptionniste.

— Du côté d'Argentière. Mais vous n'avez qu'à vous adresser au bureau des guides, ils vous l'indiqueront mieux.

C'était le seul endroit que Georges tenait à éviter pour l'instant. À tout hasard il fit la moue. Janin hésita et l'invita à le suivre dans la salle à manger. Quatre hommes et une femme se tapaient des œufs au jambon. Près de la porte qui ouvrait directement sur la rue, il y avait des sacs de montagne surmontés des sempiternels paquets de corde, ainsi que des piolets appuyés au mur.

— Quelqu'un connaît l'adresse de Jacques Balmat ? s'informa le taulier.

La femme regarda Georges. Vivante image d'une publicité d'ambre solaire, elle donnait dans le genre bourrée de fric. À côté d'elle, un jeune homme d'une beauté virile, châtain clair, le nez légèrement busqué, arborait un insigne de guide sur un blouson de daim. L'image d'Épinal : le guidos pin-up et sa cliente milliardaire très, très sportive et très, très femme.

Il y avait un Nord-Africain, la moustache en brosse et la bouille sympathique, un troisième type un peu plus âgé vêtu d'un pull rouge. Georges reconnut le quatrième ; c'était le type à la chevelure poivre et sel qui, la veille au soir, bavardait en compagnie d'un barbu devant la porte de l'hôtel.

Les trois hommes prétendirent ne pas connaître l'adresse de Balmat. La femme lampa délicatement un verre de rosé et ils se levèrent.

Ils prirent chacun un sac. Celui de la femme semblait très léger.

— À demain soir ou après-demain matin, dit le jeune guide.

Georges remarqua ses mains carrées. Ils sortirent le sac au dos, à l'exception du petit homme toujours vêtu comme s'il se rendait à la plage. Il alluma une cigarette.

— Et toi, Géry, tu ne sais vraiment pas où il habite ? insista le taulier.

Georges était certain d'avoir déjà entendu ce nom ou de l'avoir lu quelque part. Une signature dans un journal, mais il n'était pas fichu de se rappeler lequel.

— Vous n'êtes pas journaliste ? lui demanda-t-il naïvement.

— Je travaille à *Match*, répondit-il. Vous avez une voiture ?

Georges acquiesça et ils se retrouvèrent tous les deux dans la rue principale.

— Vos amis n'étaient pas pressés de partir. Petit déjeuner à onze heures, remarqua Georges pour meubler la conversation. Je croyais que les alpinistes démarraient à l'aube.

— Il y a une marche d'approche. C'est le lendemain qu'ils attaquent à l'aube.

Ils s'arrêtèrent devant la 203 de Georges. Il y avait un monde fou et une contredanse sur le pare-brise de la bagnole.

— Ça s'appelle le village des Bois. Vous traverserez la voie ferrée après les Praz. Le village est tout de suite là.

Ses parents ont une ferme à côté d'un home d'enfants.

— Merci beaucoup, dit Georges en ouvrant sa portière.

— C'est vieux mais c'est du solide, dit Géry en tapotant la carrosserie du plat de la main.

— Oui, très solide, fit Georges en s'asseyant sur le siège avachi.

— Vous êtes venu pour l'accident de Réno ? questionna Géry à brûle-pourpoint.

— Je représente son assurance.

— Flic privé hein ?

— Ouais...

— Sur ce plan-là, la montagne n'est pas généreuse. Toutes les morts y sont légales. Avant d'entrer à *Match* j'étais guide. Je connais les deux côtés du problème. Une corde qui se casse, une chute de pierres, une imprudence, un orage, ça ne se prouve pas. Ça se constate. Et les assurances payent.

— Avant de payer, la mienne préférerait qu'on retrouve le corps, insinua Georges.

Géry s'appuyait sur l'ouverture de la vitre et il n'avait pas à se baisser beaucoup pour parler. Il devint familier.

— Tranquillise-toi, on le retrouvera. La famille s'arrange toujours pour qu'on retrouve le corps d'un homme de cette classe, dit-il cyniquement.

— Je vais essayer de faire mon boulot quand même, dit Georges.

— À tout à l'heure. Je passe la journée à la piscine du Bar du Soleil. Si tu as besoin d'un tuyau, ne te gêne pas...

Ce qui voulait dire : Si tu as une information pour mon canard... Georges oublia les paroles pessimistes du journaliste. C'était une de ses facultés et ça lui maintenait le moral au-dessus de la ligne de flottaison.

Le balcon de la ferme et les fenêtres du premier étage étaient rénovés. S'il n'y avait eu, non loin, une basse-cour et une charrette de fumier, on eût pris la ferme pour une habitation transformée par des citadins avides de rustique.

— Mon fils n'est pas là, grogna une vieille femme.

— J'attendrai, répondit Georges.

Il alla s'asseoir sur une murette de pierres sèches. La ferme s'adossait à la forêt. Les arbres recouvraient la montagne jusqu'à la mer de Glace qui mourait, étranglée entre deux parois lisses. Le village produisait du miel. En contrebas des ruches s'alignaient. Une troupe d'enfants revenait de se balader, encadrée par des jeunes moniteurs. Il y avait une monitrice en short : une costaude, les cuisses brunes en forme de piliers.

Georges alluma un cigarillo. À travers les arbres, il voyait les points colorés d'un camp de camping. Dans le même temps, il se sentit observé du balcon de la ferme.

Il attendit quelques secondes et fit brusquement face. La tête de Jacques Balmat s'encadra dans une fenêtre. Georges le salua courtoisement. L'autre avança le buste.

— Qu'est-ce que vous me voulez ? fit-il avec l'accent d'un homme traqué.

— C'est personnel.

— Allez au diable ! s'écria le guidos.

Georges reprit calmement sa faction, assis sur la murette. Au bout d'un moment il lança une pierre sur un volatile qui s'enfuit vers la ferme en se plaignant affreusement.

Balmat, les mâchoires serrées, rejoignit Georges et l'agrippa par les revers du veston.

— Je suis policier. Vous devriez réfléchir à ça, conseilla Georges.

— Policier… pourquoi ? murmura-t-il.

Il ouvrit ses mains. Georges remarqua qu'elles étaient couvertes d'écorchures. Il avait une barbe de plusieurs jours et des yeux battus par la fatigue.

— Malgré tout, je n'ai aucun titre officiel. C'est-à-dire que vous pouvez refuser de m'écouter et m'expulser comme vous vous apprêtiez à le faire. Je suis venu vous parler de M. Réno mais, encore une fois, rien ne vous oblige à accepter l'entretien.

Georges ne démordait pas de cette tactique. Il s'était levé. La vieille femme les épiait du seuil de la grange. Balmat attendait la suite.

Georges exposa les scrupules légitimes d'une compagnie d'assurances qui voulait savoir comment l'accident avait pu se produire.

— Nous n'avons besoin que d'un récit linéaire. De pure forme, si vous préférez, dit Georges.

— C'est simple. On est partis pour faire la face nord du Dru et...

— Vous connaissez Jean Réno depuis longtemps ?

— Assez, oui.

— C'était un bon alpiniste ?

À l'aide de petites questions précises, Georges tira de Balmat un récit détaillé. Georges prenait des notes en sténo sur un calepin.

— ... il avait voulu passer devant... il était comme un copain... c'était plus comme un client qu'on surveille à chaque mètre... sans ça vous pensez bien qu'on se serait jamais décordés.

— Vous n'avez jamais eu l'occasion de vous décorder avec un autre client ?

— Si, ça arrive. Surtout quand il s'est ligoté tout seul avec la corde. Mais alors je continue à le tenir par la ceinture, ou alors je le place entre moi et le vide. Un client, on ne le quitte jamais. (Il répéta.) Jamais...

Il cessa de marcher comme un lion en cage et s'assit sur la murette. Georges y avait posé son pied pour écrire sur son genou. Il tapa amicalement sur l'épaule du guidos.

— À mon avis vous n'avez rien à vous reprocher, affirma Georges.

— Qu'est-ce qui vous fait croire ça ? demanda-t-il vivement.

Sa fatigue venait autant de son insomnie, car il était tenu en éveil par le souvenir de sa faute professionnelle, que des heures passées à sonder les crevasses et à ratisser les terrasses aériennes de la base du Dru, avec les équipes de secours à la recherche du cadavre démantibulé de Réno.

— Une somme de coïncidences, répondit Georges. Nous allons reprendre votre récit point par point et je vais vous démontrer que Jean Réno s'est suicidé.

— Suicidé !... répéta Balmat, la bouche grande ouverte.

— Oui. S'il a tellement insisté pour diriger la cordée c'était pour vous mettre en confiance. Il connaissait le terrain. Vous me l'avez confirmé. Il avait déjà gravi cette face. Il connaissait l'existence de ce tunnel et le parti qu'il pouvait en tirer. C'est clair comme de l'eau de roche.

Le guidos porta les mains à ses tempes. Ça cognait dur dans son crâne.

— Et un guide officiel, c'est la couverture idéale pour transformer un suicide en banal accident de montagne, précisa Georges.

— Mais pourquoi ? Pourquoi ?

Il était paumé. Le plein cirage.

— J'espère le savoir un jour ou l'autre, déclara Georges, optimiste. En attendant, réfléchissez à ce que je vous ai dit. Ça en vaut la peine.

Il glissa son calepin dans une poche et lui offrit un cigarillo. Le guidos s'en empara machinalement, l'œil noyé par l'effort cérébral.

— Je ne peux pas croire à ça, finit-il par dire. Moralement ça m'arrangerait beaucoup, mais un homme qui veut se suicider n'a pas besoin d'escalader une face nord. Je le vois encore s'accrocher à la vie désespérément et mettre tout le paquet pour sortir d'un passage.

— Oubliez ce que vous avez vu et fourrez-vous dans le crâne que vous ne connaissiez pas ce type, dit Georges. D'ailleurs, qu'est-ce que vous savez au juste de sa vie privée ?

— J'étais reçu chez lui. Je pouvais y aller quand je voulais, dit-il assez fièrement.

— Moi aussi, je suis reçu chez des gens. Cette bonne blague ! Tous les gens se reçoivent en croyant se connaître. N'empêche que c'est toujours le meilleur ami qui embarque la femme du copain, et le caissier d'une honnêteté fondamentale qui lève le pied avec la caisse. Jean Réno avait une raison de se tuer et une seconde raison pour que le suicide soit enregistré comme un accident. Peut-être désirait-il protéger sa famille contre le scandale. La dignité, ça existe.

— J'en sais rien, dit le jeune guidos.

— Comment, vous n'en savez rien ? Vous ne croyez pas à la dignité ? s'offusqua Georges.

— Je vous dis que j'en sais rien s'il s'est suicidé ou pas, insista-t-il.

Georges soupira et pensa qu'il lui serait plus facile de perforer du granit avec un brin de paille, que d'infiltrer une de ses idées dans le cerveau du guidos. Il se rabattit brusquement sur du concret.

— Y a-t-il eu des alpinistes dont on n'a jamais retrouvé le corps à la suite d'une chute ? demanda-t-il.

Balmat acquiesça d'un triste mouvement de la tête.

— Surtout dans ce couloir, murmura-t-il en levant les yeux sur le Dru.

Georges contempla le pain de sucre géant. Pour un enquêteur il apparaissait plus aisé de chercher une preuve dans un salon, un garage ou un bistrot, que sur un kilomètre de muraille. Il ne se voyait pas, la loupe à la main et suspendu dans le vide, en train de relever des preuves sur des objets.

Le seul objet était de granit et de glace et il avait tué encore plus de monde qu'un assassin légendaire. Quant au seul témoin, le dernier homme à avoir vu Réno vivant, il l'avait en face de lui. Il pensa à la suggestion de Victorine Securit : le crime. Ce qui en revenait obligatoirement à dire que le criminel s'appelait Jacques Balmat.

Il le regarda et repoussa derechef cette idée saugrenue. Il repoussa également l'idée de l'accident pur et simple, car il était venu ici pour gagner du fric et ce sale nabot de Longwy n'en donnerait que s'il en touchait lui-même.

Il ne restait que le suicide et, dans l'immédiat, la disparition du corps enfoui dans une crevasse, Frigeco grand modèle.

— J'ai lu qu'un des membres de l'équipe de secours avait été blessé, dit Georges qui regardait toujours la face ouest, un peu ocre, du Dru.

Balmat s'adossa aux pierres sèches. Il se sentait absolument responsable de tout. Une mousse opiniâtre couvrait la pierre. Il en arracha une plaque et l'éparpilla entre ses pieds.

— J'y étais aussi. On a juste retrouvé son casque. Le guide-chef ne veut plus qu'on y retourne. Il ne veut plus risquer la vie d'un de chez nous pour un mort, dit Balmat comme s'il parlait tout seul.

— Enfin un homme raisonnable ! s'exclama Georges.

Il invita le guidos à dîner, mais l'autre déclina l'offre.

— Vous repartez bientôt en montagne ? demanda Georges avant de s'éloigner.

— Non. Y a du travail ici à la ferme, répondit-il sèchement.

Son clébard bourré de gentillesse s'approcha, la queue frétillante. Il le repoussa du pied.

8

En quittant le guidos, Georges roula doucement jusqu'à Chamonix. Il s'imprégnait petit à petit d'une
ambiance dont il décelait la force. Il avait l'impression
d'être poussé dans le dos.

Le soleil tapait sur la vallée. Il n'y avait pas un souffle
d'air. Des alpinistes harnachés et lourdement chargés
partaient vers les cimes. Ce qui ne les empêcherait pas
de transpirer, les uns de fatigue, les autres d'angoisse.

Le Bar du Soleil faisait restaurant. Tenu par un Méri-
dional, on y mangeait bien. Gérard Géry était attablé
devant une salade niçoise en compagnie de sa femme
Jeanine et d'un homme aux cheveux clairsemés et au
visage rectangulaire, que Géry présenta à Georges sous
le nom de Philippe Gaussot, rédacteur au *Dauphiné
libéré* et correspondant de *France-soir.*

Georges s'assit à leur table. Il sentit qu'ils avaient
déjà parlé de lui. Philippe Gaussot habitait Chamonix
depuis 1945 et il en connaissait un rayon sur tous les
événements tragiques et tragi-comiques et sur tous les
personnages qui y avaient participé.

— À mon avis, l'accident survenu à Jean Réno est
pour le moins bizarre. Mais ce n'est qu'une impression

toute personnelle. À la vérité il ne s'agit peut-être tout bonnement que d'un alpiniste entraîné par une chute de pierres. Il y en a qui se sont foutus en l'air d'une plate-forme sommitale en reculant pour prendre une photo, expliqua-t-il.

Georges l'écouta avec intérêt. Géry et sa femme étaient en maillot de bain. Il aima la profondeur du regard de cette femme. Au bout de la terrasse, on descendait quelques marches et on pouvait piquer une tête dans la flotte.

— Ils parlent d'abandonner les recherches, dit Georges.

— Si tu crois que la sœur de Réno va laisser tomber comme ça, tu te fourres le doigt dans l'œil jusqu'à l'épaule, lui répéta Géry.

— Il y a aussi le hasard, dit Gaussot. Les glaciers marchent. Ils restituent les alpinistes un jour ou l'autre. En Suisse on vient de retrouver le cadavre du guide Chiara, parfaitement conservé dans la glace. Il avait disparu en 1945. Ça fait presque vingt ans.

— Vingt ans ! Il ne faut pas être pressé, dit Georges.

Ce délai l'eût pleinement satisfait et il se contenterait même de la moitié.

— Vous jouez au tennis ? s'informa Jeanine Géry.

— Assez mal, répondit-il.

— Venez faire une partie vers cinq heures, proposa-t-elle.

Georges faisait habituellement des parties vers cinq heures, mais ce n'étaient pas des parties de tennis. Il n'osa plaisanter sur ce sujet.

— J'ai des gens à contacter avant ce soir, s'excusa-t-il.

Il avait envie de rester à cette table, sous ce parasol, à s'envoyer des boissons fraîches. Géry lui présenta une productrice de films, Hélène Dassonville, qui venait se coller, elle aussi, sous un parasol. Au fond du décor le mont Blanc brillait de myriades de cristaux. Hélène Dassonville était blonde. Elle croisa ses longues jambes et ajusta des lunettes de soleil. Femme d'affaires et alpiniste distinguée, elle avait réussi, entre autres, quelques très beaux films de montagne.

— Je cherche un bon sujet pour faire un film, dit-elle.

— Et un bon film autant que possible, compléta Géry.

— Tout le monde cherche un bon sujet, dit sa femme.

— Tu joues au poker ? demanda Géry en se penchant vers Georges.

— Ça m'arrive.

— Si tu as un moment après dîner, on pourrait en faire un p'tit…

— Pourquoi pas ? accepta Georges.

— Est-ce que vous connaissez la dernière ? Celle du type qui en a marre de bouffer de la poule au pot ?… lança Géry.

Georges profita de la diversion pour se faufiler à l'anglaise. Il estima que, dans l'ordre des choses, le plus logique était de se rendre chez Réno. Un commerçant lui indiqua l'emplacement du chalet et il se présenta, la mine angélique, à la porte du Tohu-Bohu.

— Je voudrais parler à la sœur de M. Jean Réno, dit-il à la soubrette.

C'était toujours Monique Sedif.

Georges trouva qu'elle avait un visage de caractère et un corps agréable à deviner.

— C'est de la part de qui ? demanda-t-elle.

Il fit passer sa carte qu'elle apprit par cœur, comme elle le faisait pour toutes les personnes qui défilaient depuis l'accident. *Georges Securit — Détective*. Elle pensa qu'il serait urgent d'en aviser Linder. Elle pensa une fois de plus que Linder était trop long à se décider, que ce n'était pas la peine de courir après un rêve, qu'il fallait simplement quitter le service de cette famille sous un prétexte valable. Elle remit la carte à Hubert Saffre.

— Ma femme est absente, dit-il à Georges. Puis-je la remplacer ?

Georges examina son physique austère et, le prévoyant peu loquace, il craignit de bousiller son introduction dans la famille.

— Verriez-vous un inconvénient à ce que je l'attende ?

— Pas le moindre, répondit Hubert.

Il l'abandonna dans l'entrée et Georges s'assit sur un coffre rustique. Un valet de chambre vint lui demander ce qu'il désirait boire.

— Une bière, fit Georges.

L'œil investigateur du larbin l'indisposa. Éliane Saffre descendit l'escalier, le salua légèrement au passage et sortit.

Elle avait les yeux cernés. Il se leva pour la suivre du regard. De la fenêtre, il voyait la route. Il ne s'impatientait pas. Il inspecta le plafond comme si la victoire dépendait de l'étage supérieur.

Claudine Saffre sortait de l'hôpital de Chamonix. Elle venait d'y rendre visite à Ducroz, le guide blessé par une pierre. Elle essayait de le dédommager moralement et matériellement.

Elle avait les yeux cernés, à l'image de sa fille Éliane, tandis que la tragédie glissait sur Hubert comme la pluie sur une vitre.

Les heures difficiles accusaient encore la ressemblance entre Claudine Saffre et son frère jumeau disparu. Elle se rendit au bureau des guides et demanda à un homme aux cheveux blancs ce qu'il comptait faire de plus pour retrouver le corps de son frère.

— Croyez bien que nous comprenons votre douleur.

Mais il y a lieu de craindre que la chute ait dévié le corps de la face nord sur la face ouest.

— Ne pouvez-vous envoyer des secours de ce côté ? demanda-t-elle en sortant son carnet de chèques.

— Ce n'est pas une question d'argent, ni une question de secours non plus. Les secours sont réservés aux vivants et il n'y a malheureusement aucun espoir dans le cas de votre pauvre frère.

— Je veux qu'on l'enterre. Je ne veux pas qu'il reste là-haut ! dit-elle d'une voix ferme.

Elle se tenait droite. Ses yeux étaient secs. Le vieux guidos, qui s'y connaissait en douleurs véritables, croyait à celle-là.

— Comprenez ma position, dit-il lentement. Il m'est impossible de demander officiellement à un de nos guides de rechercher un mort dans ce couloir. Il est déjà excessivement dangereux pour une cordée de le remonter à toute vitesse. Alors ce n'est pas pour y traînailler des heures à la recherche de... (Il n'acheva pas sa phrase.) C'est le dégueuloir. Toutes les avalanches passent par là. De plus c'est un endroit mal connu de nos guides. Il conduit à des escalades en dehors des voies classiques. Je n'ai que deux ou trois guides qui y sont déjà montés pour leur plaisir, si j'ose dire.

— Lesquels ?

— Je m'excuse, madame, mais je vous répète que je ne peux pas leur en parler. Ils se croiraient moralement obligés d'y aller et je ne peux pas prendre cette responsabilité. J'ai déjà toutes les peines du monde à empêcher Jacques Balmat d'y aller. Pour lui, ce serait du suicide. Surtout avec ce qui lui trotte dans la tête actuellement.

— Vous avez bien fait, mais aidez-moi quand même. Pensez à mon frère. Il aimait la montagne et maintenant des bêtes dévorent son cadavre. Dites-moi à qui je peux m'adresser. Je vous jure que je ne dirai pas que je viens de votre part, ajouta-t-elle d'une voix fléchissante.

Il passa une énorme main sur son visage cuit. C'était la sale histoire au seuil de la pleine saison, avec un incroyable boulot. Quelques noms défilèrent dans sa mémoire. Pour trouver un type capable de se balader dans cet enfer, ce n'était pas de la tarte. Il sursauta soudain, comme un Grec dans sa baignoire.

— C'est un guide qui est professeur à l'ENSA[1]. S'il n'est pas en montagne avec des stagiaires, il est à l'école. Il s'appelle Desmaison. René Desmaison. Ça se retient facilement. Alors vous passez devant le casino, vous descendez la petite rue. Le bâtiment est à main gauche après un pont.

Claudine remercia et se leva. Il l'escorta jusqu'à l'extérieur. La place de l'église était calme, mais de là, on voyait la file ininterrompue des voitures dans la rue principale.

— Si cet homme-là refusait d'y aller, je vous conseille de patienter. J'ai toujours beaucoup estimé votre frère, mais je suis obligé de vous parler par expérience, ajouta le vieux guidos.

ENSA s'inscrivait en rouge au-dessus de la véranda blanche d'un ancien hôtel. Une torsade métallique s'élevait dans le jardin. Elle figurait la flamme olympique.

Claudine pénétra dans l'univers sacro-saint du sport professionnel, table tournante de l'alpinisme international.

René Desmaison n'était pas en montagne. Il était de conférence. C'est-à-dire qu'il initiait un groupe de stagiaires (des futurs guides) à l'interprétation nuancée de la science météorologique.

Claudine l'attendit au foyer. Un trio d'alpinistes étran-

1. École nationale de ski et d'alpinisme.

gers s'appliquait à remplir des cartes postales. Claudine pensa que celui du centre était allemand et que les deux autres étaient anglais.

René Desmaison chercha une seconde des yeux la visiteuse annoncée et se présenta. Il était vêtu d'un pantalon de velours beige et d'une veste de lainage bleu, sans col, bordée d'un galon plus foncé. On lui donnait la trentaine. Il avait le tif un peu bouclé, le corps bien proportionné, la taille au-dessus de la moyenne et, en dehors de la sympathie spontanée qui se dégageait de ses traits, Claudine éprouva, face à lui, un immédiat sentiment de sécurité.

— Je suis la sœur de Jean Réno, dit-elle seulement.

Il acquiesça d'un signe de tête. Il avait connu Jean Réno. Il tira une chaise et se prépara à l'écouter.

Lorsqu'elle eut terminé, il conserva le silence et s'occupa à croiser et à décroiser ses doigts. Il avait des cicatrices sur le dos de la main.

— On m'a affirmé que vous connaissiez très bien ce couloir, insista-t-elle. (Son silence l'inquiétait.)

— Pour ça, oui…, fit-il.

Il eut envie d'ajouter : « et la montagne en général ». Comme ça ne changeait rien au cas précis, il préféra s'abstenir.

Il avait participé à deux expéditions dans l'Himalaya. Il revenait de la dernière, la conquête du Jannu, le triomphe des plus grandes difficultés glaciaires, à près de 8 000 mètres. Et, de toutes ses autres courses européennes, de l'arête nord de l'aiguille Noire de Peuterey, de la voie directe de la pointe Bich, de la directissime de la face nord de l'Olan, de l'éperon nord de la pointe Marguerite, de la directissime de la Cima Ovest (la plus coriace de toutes les parois des Dolomites), du pilier nord-ouest des grands Charmoz, du pilier est du pic de Bure, de la face est du mont Aiguille, de la tour du Parmelan, du sinistre pilier du Frêney, du couloir nord du Triolet, des hivernales de la classe de la face nord de l'Olan et de la face ouest du Dru, oui, de toutes ces courses, son plus mauvais souvenir était précisément ce couloir du Dru.

Il l'eût préféré en condition d'hiver que d'été. L'hiver, le froid immobilise les dangers objectifs, il pétrifie toutes les gammes d'avalanche, il les met en conserve pour l'été.

René Desmaison regarda cette femme pleine de fric qui voulait sans doute glorifier le nom familial à l'aide d'un tombeau à tout casser.

— Est-ce que vous êtes disposée à entendre quelque chose de pénible ? lui demanda-t-il.

— Ne vous gênez pas, répondit-elle très vite.

— J'ai déjà ramené beaucoup de monde. Après une chute comme la sienne, qu'est-ce que vous vous attendez à ce que je ramène ?

— De quoi l'enterrer.

— On peut toujours tout enterrer… une main, une chaussure… Comprenez-moi bien : en admettant que je réussisse, vous n'oserez même pas regarder ce que je ramènerai.

— Si ! J'oserai !

Elle empoigna le bord de la table, obstinée comme une chimiste. Desmaison savait qu'on ne se débarrasse pas des gens qui se croient chargés de mission, rendus plus forts par la défense de ceux qui ne peuvent plus se défendre.

— Je n'ai pas le temps de monter à pied jusqu'à la base du couloir, dit-il.

— Pas le temps…, murmura-t-elle.

— Oui. Il faudrait qu'un hélicoptère me dépose sur ce qu'on appelle le Rognon des Drus, et qu'il y reste pendant que je fouillerai le couloir.

Elle se dressa et crispa sa main sur son bras.

— Merci… Merci, dit-elle d'une voix sourde. (Elle se reprit pour ajouter :) Je vais vous signer un chèque en blanc pour tous les moyens dont vous aurez besoin pour votre déplacement.

— Je préfère que vous alliez vous-même à l'héliport. C'est aux Bossons. Vous louerez l'appareil pour demain, de l'aube à la nuit. Quant à moi, vous me paierez au retour, suivant les difficultés rencontrées et le temps passé là-haut.

— Je suis certaine que vous réussirez, dit-elle avec élan.

— Votre confiance me touche beaucoup. Mais souvenez-vous que je ne vous promets rien, dit-il.

Il n'avait pas l'accent chamoniard. Il chantait légèrement sur quelques finales. Il était originaire du Périgord et la compagnie des Guides de Chamonix ne lui avait ouvert largement ses portes que sur sa seule valeur.

Claudine Saffre s'empressa de louer l'hélicoptère. Elle discuta même pour en louer un deuxième si le premier tombait en panne. Le pilote responsable répondit que, de toute manière, il ne laisserait pas René Desmaison en rideau.

Épuisée par les émotions diverses, Claudine rentra chez elle en fin d'après-midi. Georges l'y attendait, stoïque. Elle déchiffra sa carte de visite et fronça le sourcil.

— Détective ? À quel sujet ? fit-elle.

— Je n'ignore pas que vous vivez une période douloureuse, mais laissez-moi d'abord vous dire que je n'interviens qu'à titre privé et que rien, absolument rien, ne vous oblige à m'écouter, ni à me répondre, récita Georges.

— Dans ces conditions revenez un autre jour, dit-elle.

— Vraiment, vous ne disposez pas de quelques minutes ? demanda Georges, un peu décontenancé du manque d'efficacité de son numéro.

— Je suis très fatiguée, s'excusa-t-elle.

Ils étaient dans l'entrée. Monique Sedif les écoutait par une porte entrebâillée. Hubert demeurait invisible. Dès le retour de sa mère, Éliane s'était approchée. Georges gagnait du temps en reboutonnant sa veste avec une lenteur infinie.

— Il ne s'agissait que d'un entretien très court, dit-il.

— Ma mère vous explique qu'elle est fatiguée. Vous ne comprenez pas le français ? dit sèchement Éliane.

Depuis le début il sentait qu'elle ne pouvait pas le blairer. Il s'inclina cérémonieusement et sortit. Entre ses dents il marmonnait une phrase qui enjoignait une petite garce d'avoir à s'occuper de ses fesses.

Après un dîner en solitaire, il se regroupa au Bivouac, la boîte intime de leur hôtel, avec Gérard Géry et un troisième lascar, pour le p'tit poker projeté. Le troisième répondait au surnom de Tio-Tio. Il traînait un air désabusé, un vieux blue-jean et des savates.

— Tes affaires n'ont pas l'air de s'arranger, dit Géry à Georges en battant le 52.

— Et pourquoi ? fit Georges.

— Parce que demain le René va fouiner dans le couloir.

— René ?

— Oui. La famille fait appel à du super. Je te l'avais dit. Et ça m'étonnerait qu'il revienne bredouille.

— Ça m'étonnerait aussi, fit l'autre. Deux papiers.

— Un pour moi, dit Géry.

— Je passe, dit Georges. Et… il y va seul ?

— Tu ne vas pas nous faire croire que tu voudrais qu'il y reste ?… ricana Géry.

— Monsieur est aussi journaliste ? s'informa poliment Tio-Tio qui n'était pas un imbécile.

— Tu vois que nous portons un joli chapeau, dit Géry.

— Je demande simplement s'il s'agit d'une opération en force, dit Georges.

— Non. Il s'agit d'une opération en finesse, dit Géry. Voilà tes cinquante, plus cent cinquante…

— J'éclaire, dit Tio-Tio.

Géry abattit trois femmes gagnantes et encaissa la monnaie. Dans une salle plus obscure, derrière le bar, des couples s'enlaçaient. Style timbre-poste. La barmaid s'appelait Valérie.

En deux coups de cuillère à pot Georges perdit vingt-cinq mille anciens francs. À ce train-là sa note de frais promettait.

— Demain, je vais monter là-haut prendre quelques photos. Si le cœur t'en dit je t'emmène, proposa Géry à Georges.

— À pied ? demanda Georges prudemment.

— Mais non. En hélicoptère, comme tout le monde.

— C'est intéressant les morceaux d'un type ? lança Georges, un peu aigre.

— M. Réno était intéressant, dit Géry.

Il commença un tour de cartes.

— Je te croyais en vacances, dit Georges.

— Toujours moitié-moitié, répondit Géry.

Un pied sur la table, Tio-Tio sirotait une orangeade.

— Demain, j'attendrai en bas avec la famille, décida Georges.

Géry commanda un scotch et Georges alla téléphoner à sa mère. En quelques mots il lui expliqua que le suspense se jouait demain. Que le grisbi de son cher nabot dépendait d'un super-guide et du sac à viande qu'il pourrait remplir et redescendre d'un dégueuloir à avalanches.

9

Les hélicoptères décollaient d'une étroite bande de terrain située en contrebas de la route et de la voie ferrée, à cinq ou six bornes de Chamonix, à mi-chemin des Bossons et des Houches.

Il s'agissait d'Alouettes. Une grosse et deux petites. La grosse était posée sur une estrade de bois, ce qui lui restituait les proportions d'une libellule sur une main ouverte. À la hauteur de la route, une employée siégeait à l'intérieur d'un bureau préfabriqué.

Vers dix heures du matin, Georges se pointa au volant de sa 203 et dégoulina sous la voie ferrée le long du chemin caillouteux, jusqu'aux appareils. Un compresseur sifflait. Un pilote transportait péniblement des caisses dans l'Alouette juchée sur l'estrade. Georges lui demanda s'il y avait des bonnes nouvelles du guide parti vers les Drus et le pilote lui répondit qu'il n'avait aucune nouvelle de personne, en dehors de cette maudite corvée de caisses *via* Grenoble.

Lorsque la grande pale de l'Alouette III se mit en branle, Georges recula. Il avait la désagréable impression d'être en face d'une guillotine horizontale à répétition. Et il imaginait sa tête décapitée, rasant l'herbe pelée. Il s'étonna de sa macabre tournure d'esprit et la plaça sur le compte de la boucherie alpestre dont on lui rebattait les oreilles depuis son arrivée.

Deux touristes s'envolèrent à bord d'une Alouette II. Georges, les mains en visière, la vit se confondre avec la forêt abrupte et se détacher brusquement au-dessus de la saignée bleue du glacier des Bossons. Ils allaient se remplir les mirettes des crevasses de la jonction et faire des signes conquérants à ceux qui redescendaient du mont Blanc à pince, d'une démarche aérienne de scaphandrier.

Chaque bourdonnement de moteur invitait Georges à scruter l'horizon. C'était une Alouette militaire. Une fine écharpe de nuages coupait les aiguilles et s'étirait jusqu'aux Drus.

La Bentley du clan Réno apparut sur la route caillouteuse à l'heure de l'apéritif.

Claudine Saffre et sa fille Éliane descendirent avant que Firmin n'ait le temps de leur ouvrir la portière.

Georges, assis dans l'herbe, ne daigna pas se lever. Il vit Claudine parlementer avec un pilote et un mécano, qui secouèrent négativement la tête. Firmin s'intéressait davantage à Georges, qui finit par se lever en s'étirant et en bâillant.

Ils se mirent tous à examiner le ciel. D'une manière ou d'une autre une réponse en descendrait.

Un vieux modèle militaire d'un bleu affreux remonta la vallée en direction du col de Balme. Sa cocarde ressemblait à une cible.

— Joli bleu, vous ne trouvez pas ? dit Georges à Éliane.

Elle haussa les épaules. Sa mère se mit à arpenter le champ, les mains dans les poches de son trois-quarts vert bouteille. Hubert Saffre restait au chalet. Il répondait aux appels téléphoniques des hommes et des femmes que la mort subite de Jean Réno émouvait ou perturbait dans leurs affaires. Il répondait avec une froide dignité et une économie de mots qui le protégeaient contre les débordements d'excitation des gens, qui usent plus qu'une pierre ponce.

— Tu as faim ? demanda Claudine à sa fille.

Éliane secoua négativement la tête.

— Si vous voulez, vous pouvez rentrer à la maison pour déjeuner et vous reviendrez aussitôt, dit-elle à Firmin.

— Je préfère ne pas quitter Madame, répondit-il.

Elle lui dédia un sourire de pauvresse. Elle lui était reconnaissante de paraître tellement touché par la mort du patron. Il semblait guetter le ciel avec un intérêt grandissant. Il pensait que Linder était têtu comme une bourrique, qu'il était pitoyable de se cramponner à ce qui aurait pu être et qui s'était brutalement évanoui. Il avait hâte que Linder se colle devant l'évidence : un cercueil, un cimetière... Et qu'ils puissent se barrer tous les trois, avec Monique. Tourner une page s'il en était encore temps. Ne plus penser qu'après la mort de Réno, leur destruction ne ferait pas un pli.

Georges avait élu domicile sur l'estrade. Ses jambes pendaient et il les balança pour se distraire.

— Ne restez pas debout. Venez vous asseoir. Ça risque de durer longtemps, dit-il à Éliane.

Elle ne haussa pas les épaules mais elle s'isola dans la Bentley. Sa mère marchait toujours de long en large. L'Alouette III revenait de Grenoble. Georges sauta de l'estrade, lui laissant une large place. L'appareil se stabilisa au-dessus du plancher et s'y posa délicatement.

À cette seconde, Gérard Géry déboucha sur le terrain. Il sauta sur la plate-forme. Il tendit un papier au pilote et pénétra sous la coupole transparente. Le pilote n'avait pas eu le temps de quitter son poste. Géry aperçut Georges.

— Mon invitation tient toujours, lui cria-t-il.

Éliane regardait la scène depuis la portière de la Bentley. Georges, assez content de s'octroyer un petit avantage, se hissa dans l'Alouette. Elle siffla et la grande pale s'appuya sur l'air. Une force tira l'engin à la verticale. Georges salua les silhouettes qui s'amenuisaient et il crut voir un signe d'Éliane.

Géry préparait calmement son téléobjectif. Le pilote s'éleva au-dessus du Montenvers et s'infiltra dans la montagne à angle droit en empruntant la coulée de la mer de Glace.

— On va peut-être se croiser en route, hurla Georges pour se faire entendre.

— On voit que tu ne le connais pas, répondit Géry.

Ils s'élevaient encore. Une multitude de touristes grouillaient sur les terrasses du Montenvers et aux abords de la grotte. Il y en avait aussi des grappes sur la mer de Glace elle-même.

Le Dru approchait. Georges avala sa salive. La verticalité s'imposait. C'était le royaume du vertige et de l'impossible.

Le pilote s'écarta un peu et revint dans une large courbe. On voyait nettement l'Alouette II posée entre le Rognon et la base du couloir.

— Faudra que tu fasses vite, conseilla le pilote à Géry.

Georges s'agenouilla et s'accrocha à un montant métallique. L'appareil semblait monter le long des premières dalles comme un funiculaire.

Géry se pencha par l'ouverture. Le couloir de neige et de glace portait bien son nom de couloir. Il était coupé par deux grosses lèvres béantes, au premier tiers. Ensuite il se redressait terriblement et s'amincissait, compressé entre les sombres murailles.

Il s'enfonçait entre elles. Il collectait ce qui tombait et ruisselait comme un caniveau au centre d'une ruelle des vieux quartiers de Naples. Il mourait sous des vires et la paroi rougeâtre s'élançait jusqu'au sommet.

Le pilote se débrouilla pour surplomber le couloir.

Georges éprouva la pénible sensation d'être écrasé par le Dru en personne. Il ne le voyait plus. Il en était trop proche. Il le sentait au-dessus d'eux et le jugeait capable de basculer d'une minute à l'autre et de les broyer comme un grain sous une meule.

Georges rentra le cou dans ses épaules. Dans la goulotte, juste au-dessus de la rimaye, René Desmaison regardait l'hélicoptère. Le mince trait noir d'une corde enjambait la crevasse et pendait plus bas.

Géry eut le temps de prendre trois photos avec des gestes prompts et mécaniques de professionnel. Desmaison lui fit un signe du pouce vers le bas.

Le vol de l'appareil les entraîna plus loin et le pilote entama la courbe qui les ramènerait vers le haut.

— J'ai vu les traces. Il a déjà exploré le haut. Je crois qu'il va descendre dans la rimaye, expliqua Géry.

Au deuxième passage, Desmaison extirpa quelque chose du grand sac à viande fixé à ses pieds sur la neige par un piton à glace et l'agita furieusement. C'était un anorak rouge. Géry le mitrailla.

— Qu'est-ce que c'est ? cria Georges.

— Certainement un des trucs de Réno, répondit Géry.

— C'est tout ce qu'il a trouvé ?

— Je n'en sais rien. Je ne suis pas une cartomancienne, fit Géry.

— Qu'est-ce qu'on fait ? demanda le pilote.

— Jamais deux sans trois, dit Géry.

Un peu avant le troisième passage, l'œil exercé de Géry décela le léger nuage d'une avalanche, ainsi qu'un bloc qui, rebondissant sur la vire la plus basse, prenait déjà le couloir en enfilade.

— Nom de Dieu, fit-il entre ses dents.

Il heurta Georges du coude.

— Plus près, hurla-t-il au pilote.

Ils n'entendaient pas le bruit de l'avalanche, celui de l'appareil couvrait tout.

René Desmaison, face au danger qui piquait sur lui à la vitesse d'un train express, sembla se tasser un peu sur lui-même. Il lui fallait choisir, en un dixième de seconde, la meilleure place pour ne pas mourir, s'il en existait vraiment une.

Il empoigna la corde et se jeta dans la rimaye, tout en se rapprochant de la paroi rocheuse de droite.

De l'hélicoptère, ils virent la coulée prendre de l'élan sur le bord supérieur de la rimaye, la sauter et poursuivre son chemin, s'épaississant davantage jusqu'à se fracasser sur les éboulis du bas, ajoutant une note au chaos grandiose.

Malgré les courants, le pilote essayait de stabiliser l'appareil. Il fut néanmoins obligé de s'éloigner du couloir avant d'y revenir.

Plus rien ne bougeait. Géry fouillait les bords de la rimaye à la jumelle. Il ne voyait plus ni la corde, ni le sac à viande. Ils étaient peut-être simplement recouverts de poudreuse.

Ou bien alors un bloc les avait arrachés et le total était au fond de la rimaye, enfoui à une profondeur inconnue, le super-guide René Desmaison dans le lot.

Au quatrième passage, Géry prit de nouvelles photos. Le pilote de l'Alouette II, posée depuis le matin sur le Rognon, faisait des signes désespérés à côté de son zinc.

Dans le couloir, tout était silence et immobilité.

— Attendons un peu et on ira chercher du secours, dit Géry.

— Tu crois qu'il est mort ? balbutia Georges.

Mais personne ne l'entendit.

Balayé, étouffé. Mort pour une cinglée qui courait après des morceaux de chair humaine congelés, armée d'un carnet de chèques.

Au cinquième passage, ils virent quelques choucas tournoyer au-dessus de la rimaye. Noirs, les ailes bordées de dentelle, le bec de granit, ils venaient aux renseignements. L'été, la montagne était généreuse. Quelques-uns se posèrent sur la lèvre supérieure de la rimaye et le moteur de l'hélicoptère ne les effraya pas. Ils savaient qu'il était seulement de passage.

— Je ne peux pas tourner comme ça pendant des heures, cria le pilote. Bicause carburant.

— Encore une fois, dit Géry.

À ce sixième passage, les choucas s'envolèrent. La corde venait de secouer son linceul. Et René Desmaison apparut comme un merlan roulé dans la farine.

Il se rétablit sur le bord de la crevasse, secoua le sac à viande, tira la partie inférieure de la corde pour la dégager et agita les bras en les croisant et en les décroisant devant lui.

— Il annonce que tout va bien, dit Géry.

Il répéta le geste pour rassurer le pilote en attente sur son Rognon, et ils piquèrent vers la vallée.

— Je te garde jusqu'à ce soir, car s'il tardait trop on y retournerait, dit Géry au pilote.

— Tu crois qu'il peut encore arriver quelque chose ? demanda Georges.

— Il arrive ce qui doit arriver. C'est la montagne et personne n'y peut rien, répondit-il.

— Et toi, tu es toujours aux premières loges, ricana Georges.

De paliers en paliers, l'hélice se présenta au-dessus de son estrade.

— Je suis payé pour informer les gens. Ce n'est pas moi qui déclenche les avalanches, ni les orages, ni moi non plus qui précipite les types dans le vide, dit-il seulement.

Georges pensa que c'était de la bonne logique et sauta sur la terre ferme. Un sol dénué de traîtrise et surtout du sol horizontal, ça faisait rudement plaisir.

Le pilote s'occupa de ravitailler son appareil. Géry retourna momentanément à Chamonix pour développer ses photos et Georges se sentit environné des regards interrogateurs de la famille Réno, sans oublier leur larbin.

Il s'approcha. Il revenait de là-haut. Il n'était plus le petit détective emmerdant comme un représentant de commerce. Il était devenu celui qui savait.

Il eut l'élégance de ne pas les laisser mijoter ni de les contraindre à s'humilier en posant les premières questions et il leur raconta ce qu'il avait vu.

— Et il n'est pas encore sorti de l'auberge, conclut-il.

— Un anorak rouge, répéta Claudine.

— Oui. Le type de *Match* dit que c'était celui de votre frère.

Il n'ajouta pas que le reste était dans le sac à viande ou au fond de la rimaye. Ça coulait de source. Les deux femmes avaient l'air crevé.

— Vous pourriez rentrer chez vous et je vous passerais un coup de fil dès qu'il y aurait du nouveau, proposa Georges.

— Je vous remercie, mais nous avons attendu jusqu'à maintenant, dit Claudine.

— Acceptez au moins de boire quelque chose. Il y a un café-hôtel au bord de la route, dit Georges.

Ils y allèrent à pied. Firmin resta près de la bagnole. Ils commandèrent du thé. Georges n'osait donner libre cours à sa fringale.

— Mon mari suppose que vous représentez la compagnie d'assurance vie, dit Claudine.

— Oui, dit Georges. Mais maintenant que je vous connais un peu plus, ça me gêne de vous embêter aujourd'hui avec mon travail. Surtout après ce que je viens de voir là-haut.

— Vous faites de la sensiblerie, lança Éliane.

— Je t'en prie, Éliane ! reprocha la mère. Dites-moi nettement en quoi je puis vous être utile ? demanda-t-elle à Georges.

— Au moment où j'en éprouverai le besoin, pourrez-vous me retracer dans le détail le comportement de votre frère avant l'accident ? Disons un mois avant ? Ça me suffirait…

Les deux femmes échangèrent un regard perplexe.

— Mon Dieu ! ça me paraît assez vague. Il faudrait que vous précisiez votre pensée, dit la mère.

— Que vous nous posiez des questions ou que vous nous disiez d'abord ce que vous avez derrière la tête, dit Éliane.

« Un jour elle la recevra, sa bonne petite gifle », pensa Georges.

— Donc, vous seriez d'accord ? fit-il simplement.

— Pendant que nous y sommes, nous pourrions régler ça immédiatement, dit Claudine.

— Pas dans le détail, dit Georges. Les détails prennent toujours un temps fou. Mais, en gros, M. Charles Longwy, l'assureur de votre frère, ne demande pas mieux que de payer à condition que les choses se soient passées normalement.

Claudine hocha lentement la tête en signe de compréhension.

— Et vous êtes sur place pour démontrer qu'elles se sont passées anormalement, jeta Éliane.

— Mademoiselle, je n'ai pas attendu que vous soyez en deuil pour gagner ma vie, répondit Georges d'un ton froid.

— Monsieur est certainement très honnête, dit Claudine d'une voix apaisante.

— Et je m'arrangerai pour que le sieur Longwy le soit aussi, affirma Georges.

Éliane ne dissimula son doute qu'à moitié et Georges ajouta de l'eau dans la théière.

— S'agit-il d'une très grosse somme ? demanda Claudine.

« Ou c'est une ingénue, ou elle se paye complètement ma figure », pensa Georges.

— Quatre-vingts millions d'anciens francs, répondit-il.

Le visage de Claudine s'imprégna d'une soudaine et si étonnante contrariété que Georges ne devait jamais, par la suite, en oublier l'expression.

— En effet, c'est une belle somme. Mais croyez bien que nous préférerions l'abandonner plutôt que d'avoir l'air de toucher un argent qui ne nous serait pas absolument dû.

— Ce problème de conscience ne se posera plus pour vous si le guide qui se débat actuellement là-haut redescend bredouille, dit Georges.

— Ah ? Et pourquoi cela ? interrogea-t-elle.

Il plongea ses yeux dans ceux de Claudine et, n'y rencontrant que pureté, il oublia momentanément qu'elle incarnait peut-être le diable et toute sa petite cuisine.

— Parce qu'une identification du corps est obligatoire, répondit Georges. On retrouve le même texte en matière criminelle : pas de corps, pas de délit.

— J'espère qu'on ne va pas te soupçonner de faire rechercher le corps d'oncle Jean pour toucher l'assurance, dit Éliane.

— Est-ce que vous pourriez supposer une chose pareille, monsieur ? s'inquiéta Claudine.

— Non. Bien que ce soit votre droit le plus strict.

— Nous désirons simplement l'enterrer. Nous le désirons de tout notre cœur, dit Claudine.

— N'importe qui le comprendrait, dit Georges. Et je vous souhaite de réussir. Auquel cas il serait toujours temps que je vous entretienne de ce que j'ai derrière la tête, comme le disait votre charmante fille tout à l'heure.

La charmante grimaça. Claudine ferma les yeux pour se reposer l'esprit. Une famille bruyante équipée de cannes ferrées pénétra dans la salle, les dents aiguisées comme des baïonnettes.

— Vous ne voulez vraiment pas en finir tout de suite ? insista Claudine.

Georges refusa. Il était plus de cinq heures. Il restait deux heures de jour. La clarté basculerait brusquement de l'autre côté des montagnes. La nuit tomberait d'un seul coup, comme un rideau.

Gérard Géry était revenu. Accoudé à l'estrade, il contemplait le ciel. Sur l'estrade, l'Alouette III attendait. Firmin somnolait au volant de la Bentley.

— À six heures j'y retourne, dit Géry.

— Tu crois qu'il est arrivé quelque chose ? demanda Georges.

Il lui répondit d'un geste évasif.

— Je peux venir ?

— Oui. Mais tu ferais pas mal de te couvrir. À cette heure-là tu vas te les geler, dit Géry.

Georges fouina un peu et un pilote lui prêta une canadienne.

— Je regrette d'avoir envoyé ce guide dans cet endroit maudit, lui confia Claudine

— Il y est allé de son plein gré, dit Georges en guise de consolation.

Firmin sortit de la Bentley. Habitué à vivre plus ou moins traqué, il palpa d'instinct l'inertie qui flottait dans l'air, cette prostration des êtres lorsque les jeux sont faits, que rien ne va plus et que toute modification est devenue impossible.

L'Alouette III emporta Géry et Georges et, en chemin, croisa sa frangine. À son bord il y avait René Desmaison.

Grands signes, ballet d'Alouettes et débarquement macabre. Desmaison apparut, les vêtements quelque peu désordonnés, la manche de l'anorak déchirée, du sang frais au-dessus de l'œil. Il tenait un sac de grosse toile goudronnée dont le haut était roulé. Le sac en était raccourci et il le tenait à l'aide d'une courroie.

Il le posa à ses pieds et le faisceau des regards se concentra sur le sac, l'éclairant comme un château son et lumière. Géry parla le premier. Il était très près de Desmaison.

— Tu as quelque chose ? lui demanda-t-il assez bas.

La présence de la famille neutralisait les plaisanteries habituelles sur le ramassage à l'éponge.

— Des bricoles. Il y avait un thorax tout boucané. Ça datait bien de trois ou quatre ans. À mon avis, c'est l'Anglais qui marchait en solo. Tu te souviens ? (Géry acquiesça.) Je l'ai laissé. Et puis j'ai tiré sur une corde coincée sous un pierrier. Il aurait fallu enlever les pierres. Ça doit être le type de la cordée suisse tombé l'automne dernier. J'y retournerai.

Géry s'en souvenait. Le mousqueton de sécurité du baudrier qui s'était ouvert ou qui s'était cassé, lorsque la corde s'était tendue pour enrayer la chute. Alors la chute ne s'enraye pas. Elle se dévide, libérée de toute entrave, dans une accélération de l'à-pic qui doit tuer l'homme avant qu'il ne meure.

Géry n'avait nul besoin d'assister à l'ouverture du sac

à viande. Au cours de sa carrière, « des bricoles » annoncées par Desmaison, il en avait déjà vu de quoi élever un satané monticule.

— Je crois que j'ai une bonne photo de l'avalanche, je te montrerai ça, dit-il à Desmaison qui le remercia…

Après quoi, il salua discrètement les deux femmes plantées en face d'eux, jeta un « Si ce soir tu veux ta revanche au pok' » à Georges, et il remonta la route caillouteuse.

— Je n'ose pas vous montrer ce qu'il y a là-dedans, dit Desmaison à Claudine.

Elle se tenait droite. Trop droite, peut-être.

— Est-ce que… cela concerne mon frère ?

— Oui… il me semble. Il faudrait aller à la morgue de l'hôpital, ajouta Desmaison.

Elle lui désigna la Bentley et il s'installa à côté du chauffeur, le sac entre les jambes. Georges les suivit dans sa 203.

Firmin se croyait obligé de rouler à la vitesse d'un fourgon mortuaire. Une Dauphine suivait la 203 et personne ne l'avait remarquée, sans doute à cause de l'apparence de convoi, assez dans la note, donnée par les trois voitures.

Le jeune Sedif conduisait la Dauphine et Linder, assis à l'arrière, regardait le paysage à l'abri de verres fumés.

Bien que René Desmaison ait failli clamcer dans l'après-midi, il trouvait beaucoup plus difficile de déballer son sac devant les deux bonnes femmes pathétiques dont le silence pesait une tonne.

Il sentait leurs regards sur sa nuque et celui du chauffeur sur le sac. Firmin songeait tristement que le vaste plan napoléonien de Linder gisait dans ce sac. Et il y portait les yeux toutes les trois ou quatre secondes.

Avant de pénétrer dans la petite morgue, Claudine pria sa fille de rester dehors. Éliane refusa.

— C'est trop pénible, fais ce que je te demande.

— Tu oublies que je fais ma médecine !

La porte était ouverte. Un préposé les attendait devant une table spéciale. Claudine était sur le seuil. Desmaison s'arrêta près de la table.

— Ne discute pas ! coupa Claudine.

— Je veux rester avec toi.

— Non !

— Si !

La mère décocha une gifle à toute volée à sa fille, dont la tête pivota et heurta l'encadrement extérieur de la porte.

Éliane, figée, les yeux agrandis, porta les deux mains à son visage en feu et la mère s'approcha à son tour de la table.

Firmin et Georges se glissèrent dans la pièce et Georges referma doucement la porte derrière lui sans avoir le cœur de se réjouir du spectacle offert par la jeune fille.

Il s'attendait à ce que Claudine se retourne et le chasse comme un manant. Elle n'en fit rien.

René Desmaison ouvrit le sac. Claudine appuyait le haut de ses cuisses contre la table.

Le sac était profond. Desmaison l'évasa et le roula. Il en extirpa d'abord un anorak rouge en lambeaux et maculé de taches sombres. Dans la poche centrale il y avait la chevalière gravée de Réno.

— Il a dû l'enlever pour ne pas l'abîmer en grimpant. Ça arrive souvent, dit Desmaison.

Claudine avança une main, qu'elle crispa une seconde sur l'anorak. Desmaison posa la bague devant elle, sur le bord de la table.

Il sortit un sac tyrolien d'escalade largement éventré. Il contenait des raisins secs, des biscuits, un petit réchaud à gaz et, dans la poche plate du rabat du sac, la carte du CAF de Réno, sa carte d'identité et des pansements rapides.

Les autres affaires contenues dans le sac avaient dû se perdre par les déchirures. Desmaison rangea les papiers à côté de la bague. Il agissait lentement. Claudine cachait ses mains dans ses poches. Elle fermait les poings et poussait dessus aussi fort qu'elle pouvait. Georges le remarqua à travers l'étoffe.

Desmaison sortit une chaussure. La tige était coupée en deux à la hauteur de la cheville. Les œillets tordus retenaient une bande de chair. La chaussure était celle d'un géant.

— Je la reconnais, il les commandait spécialement à cause de la pointure, murmura-t-elle.

Desmaison sortit la seconde chaussure. Elle était pleine. Cassée net au tibia, la jambe était partie de son côté et le pied, dans sa chaussure, avait poursuivi sa trajectoire comme une pierre.

Georges se félicita de n'avoir rien mangé de la journée et Claudine referma précipitamment ses doigts sur le bord de la table. Prévoyant une syncope, Georges se tint derrière elle.

Desmaison mit à jour une jambe amputée sous le genou. Le pantalon n'existait plus. Seul un collant noir avait résisté en partie. Il abandonna la jambe au centre de la table.

— C'est peut-être plus ancien, mais avec le froid qu'il y a là-haut, on ne sait plus, dit-il.

Cette jambe était aussi celle d'un malabar. Georges essaya de la raccorder, par la pensée, au pied blotti dans la chaussure, et il y renonça.

— Par contre, ça c'est tout récent, dit-il en mettant sur la table une joue, une bouche, une oreille et quelques poils gris au-dessus de l'oreille.

Claudine se retourna d'un bloc et s'abattit en sanglotant sur l'épaule de Georges.

Desmaison plia le sac vide et échangea avec l'employé de l'hosto un regard entendu. Et encore, ils ne se plaignaient pas. Les choses s'étaient déroulées au mieux.

— Courage, murmura Georges en pressant Claudine contre lui.

Il la sentit qui se raidissait et ravalait ses larmes. Elle se dégagea enfin et détourna la tête pour ne pas offrir la vision de ses yeux gonflés.

Desmaison mit l'anorak et la chaussure vide dans les débris du sac tyrolien. Il noua les bretelles rompues. Ça formait un petit paquet rond qu'il remit à Firmin.

Georges groupa la chevalière et les papiers et les glissa dans la poche du trois-quarts de Claudine. Elle le remercia d'un mouvement des lèvres.

— Qu'est-ce que je vous dois ? demanda-t-elle à Desmaison.

— Ça ne presse pas. Nous nous verrons un de ces jours, répondit-il.

Elle quitta la morgue avec son chauffeur. La table était déjà recouverte d'un linge qui faisait, en son centre, une misérable bosse.

— Je peux te déposer quelque part ? demanda Georges à Desmaison.

Le tutoiement lui était venu naturellement.

— Volontiers. Tu m'emmènes à l'ENSA.

Dans la cour de l'hôpital, ils virent la Bentley s'engager sur la route.

En croisant une Dauphine stoppée à l'entrée de la ville, le long du trottoir d'en face, Firmin fit oui de la tête et Linder laissa tomber la sienne sur sa poitrine, comme un type qui a son compte.

10

L'église était comble. Une impressionnante variété de fleurs ensevelissait le cercueil. Rien de tel pour évoquer le dernier acte, la tombée du rideau.

Dehors, il brouillassait. Les guides étaient nombreux à suivre le cercueil. Les uns avaient connu Jean Réno et tous les autres venaient témoigner leur solidarité à Jacques Balmat. Un alpiniste accidenté en compagnie d'un guidos a droit à la considération de tous les guidos. Et l'alpiniste qui se balade sans guide et qui se casse la gueule, il n'a droit qu'à des conseils de prudence à titre posthume.

Des gens du monde des affaires avaient interrompu leurs vacances pour accompagner Réno et se montrer sous un jour favorable aux yeux de la sœur et du beau-frère qui prendraient la tête de l'usine.

Le cercueil était modeste. Du bois du pays. Georges pensa que Claudine suivait une des volontés de son frère. Au cours de la marche lente du convoi vers le cimetière, Georges se demanda si Jean Réno avait rédigé un testament et, dans ce cas, depuis quand.

L'idée du suicide de Réno reprenait la vedette. Les gens marchaient sur trois rangs. Sur la même ligne que

Georges il y avait sa mère, Victorine Securit, et Charles Longwy. Ce dernier ne se forçait pas pour afficher une mine de circonstance.

L'enterrement officiel lui coûtait une fortune. Sans parler de la couronne que Victorine avait voulue, la plus somptueuse de toutes, argumentant que ce n'était pas le moment de mégoter.

Écrasé par le sort mais complexé par sa taille, Charles le nabot marchait en rejetant les épaules en arrière.

Georges pensa que l'enterrement de Réno dans le cimetière de Chamonix, et pas dans le caveau familial qui existait certainement à Paris, s'inscrivait comme une nouvelle preuve d'une exécution testamentaire.

Le cimetière se trouvait derrière la gare. Dominé par l'aiguille de Blaitière et le dôme du Goûter, son mur d'enceinte traçait un arc de cercle.

Georges remarqua que beaucoup de tombes s'ornaient d'un morceau de granit en forme de pain de sucre. Certaines étaient parsemées de grosses pierres, comme on en dispose sur les cadavres enterrés en pleine nature. Bon nombre d'Anglais et d'Allemands attirés par la difficulté reposaient au milieu des Payot, Therraz, Ravanel, Burnet…

Il y avait le piolet rouillé scellé sur la pierre d'un guidos mort de vieillesse. Il y avait aussi la plaque de bronze sur granit toute gravée de la longue liste des guidos morts en montagne de 1820 à 1961.

Il y avait des alpinistes morts ensemble et enterrés ensemble bien que de familles différentes. Georges n'avait vu ça que dans les cimetières de marins.

Le cercueil porté à bras d'homme passa devant une tombe de marbre. On lisait : *Ici repose Muck — Vallée Blanche 1956.* Il y avait deux skis fixés à plat sur le marbre.

Les croque-morts s'arrêtèrent devant la tombe voisine. Elle était ouverte, perpendiculairement au mur d'enceinte. Une croix de bois, celle des pauvres, était plantée à quelques centimètres du mur. Un baudrier de chanvre, blanchi par le soleil et la pluie, entourait la croix à son intersection. Il y avait encore le mousqueton de sécurité.

Georges se faufila très près de la tombe. Une petite plaque blanche était clouée sur le bras gauche de la croix : *Anselme Vargas — Tombé aux Drus — 1925-1958.*

« Qu'est-ce que ça veut dire ? » murmura Georges. Il se pencha. La tombe était prévue pour deux.

Un type fixa une seconde petite plaque blanche sur le bras droit de la croix : *Jean Réno — Tombé aux Drus — 1917-1962.*

Il sembla à Georges que les gens chuchotaient autour de lui. Des bouches contre des oreilles. Il y avait du monde jusqu'à l'extérieur et dans la partie haute du cimetière.

Claudine, son mari et leur fille regardaient le trou. Claudine fléchit une jambe et toucha le cercueil avec la main tandis qu'il s'inclinait pour disparaître.

Georges pensa que les quatre planches effaçaient le souvenir des débris et conféraient au corps de Jean Réno la distinction rituelle du « mort dans son lit », un crucifix sur la poitrine.

Georges se rapprocha de sa mère.

— La sœur suit à la lettre un mystérieux testament, expliqua Georges.

— Tu ne m'enlèveras pas de l'idée que nous sommes entourés de bandits, affirma Victorine.

Georges soupira. Avec un sens du Grand Siècle, Victorine classait les hommes rudes, étriqués dans leur costume du dimanche et les traits burinés par une vie âpre, dans la catégorie des bandits de grands chemins, détrousseurs et trousseurs tout court de nobles femmes roulant en carrosse capitonné.

— Et puis, regarde un peu ce guide qui l'accompagnait. Une vraie tête d'assassin ! Il finira au musée Grévin, dit-elle avec une émotion contenue.

Georges regretta de lui avoir montré Jacques Balmat au début de la cérémonie. Il se tenait un peu à gauche. Adossé contre le mur, il avait vu disparaître le cercueil de profil et chacune des pelletées de terre qui comblaient la fosse résonnait dans sa poitrine.

— Un assassin sans mobile c'est un oiseau rare, plaisanta Georges.

— C'est un crétin des Alpes, dit-elle avec autorité. J'ai consulté un psychiatre avant de venir. Le crétin des Alpes est une espèce assez répandue. Il n'a pas besoin de mobile pour agir. C'est un crétin et ça lui suffit. Regarde bien son cou. C'est un goitreux, comme tous les crétins des Alpes.

— Il a le cou fort parce qu'il est costaud, répondit Georges. Alors, à t'entendre, tous les catcheurs seraient des crétins des Alpes ?

— Je sais ce que je dis. Réunion générale dans ta chambre, décida Victorine.

Le flot refluait vers la sortie et la famille se disposait à recevoir les condoléances. Charles et Victorine passèrent dans les premiers et disparurent.

En regardant la foule, Georges réalisa qu'il n'y connaissait personne en dehors de Gérard Géry, Philippe Gaussot, Jacques Balmat et René Desmaison. Il s'évertua à graver dans sa mémoire quelques visages caractéristiques ; ça serait bien le diable si le hasard ne les remettait pas en sa présence. Il avait soif d'interroger les gens sur Réno.

Il regarda Balmat qui se dandinait comme un ours, s'acheminait enfin vers Hubert, sa femme et sa fille qui serraient les mains avec l'automatisme des poinçonneurs de tickets.

Balmat serra d'abord la main d'Hubert, ce qui était facile, ce dernier ressemblant à une statue. Georges eut l'impression qu'Éliane conservait longuement la main du jeune guidos dans la sienne. Lorsqu'il se trouva devant Claudine, il avait envie de chialer. Georges, trop loin pour s'en apercevoir, vit seulement Claudine se pencher spontanément vers le guidos et l'embrasser. Elle le tenait aux épaules et il en avait les bras ballants.

Georges repéra encore la femme de chambre et le valet de chambre-chauffeur, qui présentèrent leurs condoléances dans les derniers. Georges ricana intérieurement. Il pensa que leur hypocrisie n'avait d'égale que la sienne propre et il quitta le cimetière en compagnie des deux femmes et d'un Hubert parfaitement intégré dans l'ambiance de glacière montagnarde.

Les groupes se disloquaient aux alentours du cimetière, qui à pied, qui en voiture. Le Dru, caché par un épaulement, ne présidait pas. Il se contentait de répéter son nom sur les tombes. Réno était le dernier de la liste. C'est ainsi que les gens du pays, et même les autres, se résumaient la situation. La montagne venait de tuer et tuerait encore avant la clôture de la saison.

Mais seul Jean Réno savait exactement de quoi il était mort. « Et il faudra que je le sache aussi », pensa Georges. Cette idée de la montagne érigée en tueuse ne lui suffisait pas. Il trouvait ça trop facile, la mort à la sauce avalanche.

En marchant vers l'Hôtel de Paris il pensa, de fil en aiguille, que la haute montagne était bien le terrain idéal du crime parfait. Il lutta pour oublier les élucubrations de sa mère. Mais au fond de lui-même, il savait que la montagne n'était pas qu'un théâtre pour accidents. Elle avait dû en voir des rictus d'assassins, avant qu'ils ne balancent un bloc sur le crâne de l'amant de leur femme, ou qu'ils ne coupent délicatement une corde, ou qu'ils ne poussent l'être adoré dans le dos pour l'aider à visiter une crevasse la tête la première.

Et là-dessus, pas la moindre petite enquête de police. L'action publique n'étant pas saisie, le procureur ne peut pas ouvrir le dossier. Et, pour tirer la sonnette d'un proc', il faut y attacher un petit quelque chose. Le soupçon, comme on dit.

Devant l'Hôtel de Paris, Georges reconnut des visages repérés au cimetière. Le groupe obstruait la porte et se prolongeait à l'intérieur. Georges se fraya un passage et tomba sur Géry qui pénétrait au Bivouac en compagnie de sa femme et de Janin, le patron des lieux.

Georges, peu pressé de rejoindre Victorine et le petit Charles, se laissa entraîner jusqu'à une tablée fraîchement émoulue du cimetière. Personne ne se présenta à personne. Ils se mirent à échanger des propos :

— C'était tout sec... Il fallait se pointer sur la Walker... Et il y aurait des collectives sur le pilier dont le couloir ne serait plus que de la tartelette... Et combien t'as trouvé de clous dans la traversée ?... Et j'ai envie de prendre deux quarante au lieu d'une soixante-dix... Et le mousquif à vis c'est une vraie connerie, moi, je mets deux Alains inversés... Et je me suis barré avec un coin juste après le toit à gauche... Et l'autre abruti j'lui dis donne-moi tout et y m'bloque !... Et Machin c'est un rigolo. J'aurais voulu le voir avec Truc-muche quand on s'est farci la directe !... Tu savais pas que cette grande salope de Colette lui avait fait la valise ?

Bien qu'une semblable histoire de fesses lui soit familière, Georges préférait qu'ils parlent de montagne. À leur niveau, il n'y comprenait que couic, mais de les écouter lui donnait le sentiment d'être au cœur du sujet et de s'armer progressivement. Il se sentait déjà moins nu. La seule femme de la réunion était en face de lui. Elle n'avait pas encore prononcé une seule parole. Très brune, le cheveu coupé court, le visage rond, l'œil direct, un port de tête intéressant sur de larges épaules, on ne cherchait pas à lui donner d'âge. Elle vivait pour le sport et par le sport. Son visage était marqué par l'effort mais il n'était pas flétri. Elle avait dépassé la quarantaine et ça lui allait bien. Elle s'appelait Marie-Rose.

— Est-ce que vous avez connu Jean Réno ? s'informa Georges.

Elle acquiesça. Les autres menaient un foin du diable et Georges avait l'impression d'être seul avec elle.

— Est-ce que vous l'avez vu très peu de temps avant l'accident ?

Elle fit non de la tête. Georges réfléchissait au moyen de lui extirper un son, lorsqu'elle désigna son voisin immédiat d'un geste brusque.

— C'était surtout un copain de Cauder, dit-elle.

Cauder était un blond aux cheveux rares. Il ressemblait à Duvaleix. Il se marrait comme une baleine et se balançait d'avant en arrière pour rire en totalité. Ça lui fermait les yeux. Il les rouvrit enfin. Ils étaient bleus.

Georges lui posa la même question qu'à Marie-Rose.

— Je l'ai vu en juin. Il y a environ un mois. Il m'a amené une nouvelle nana pour que je l'équipe en lunettes de soleil. J'en ai vu défiler une ribambelle de ses mignonnes, ajouta-t-il, un peu paillard.

— Est-ce que nous ne pourrions pas nous voir ailleurs pour parler tranquillement ? demanda Georges

— Tu n'as qu'à venir au mazo[1], répondit Cauder qui ne s'embarrassait pas de formules et s'imaginait sans doute que son mazo atteignait la popularité de la tour Eiffel.

— Où est-ce ? fit Georges.

Marie-Rose emprunta du papier et un stylo à un type

1. Minuscule chalet en bois.

qui avait un beau visage et des bouts de doigts amputés. Georges regarda les phalanges cicatrisées. Les parties manquantes hurlaient leur absence. Georges pensa que la montagne les avait d'abord gelées et qu'un bistouri avait fait le reste.

Depuis le drame vécu par Herzog, Terray, Lachenal, Rébuffat et les autres sur l'Himalaya, le public était averti.

Néanmoins Georges attarda son regard sur les mains et ensuite sur le visage de l'homme. Il avait les yeux d'un Latin et un charme indéfinissable. Le spleen, peut-être... Il s'appelait Berardini. Il avait souffert sur l'Aconcagua.

Cauder traça un vague itinéraire sur le papier et l'embrouilla d'explications verbales que Georges, innocent, écouta :

— ... si tu viens de Cham, c'est à gauche, si tu viens d'en bas, c'est à droite. Tu peux prendre la route du télésiège, tu peux aussi prendre la suivante. Tu verras un camp de camping. C'est en haut du camp. Il y a un petit bois. D'ailleurs, c'est impossible de te gourer... tu verras une ferme habitée par des goitreux. (Il mima de ses mains un cou énorme.) Ça s'appelle des crétins des Alpes. Les frères et les sœurs couchent ensemble pour perpétuer la race...

Georges se promit d'emmener Victorine dans cette ferme et de la boucler avec les crétins si elle ne convenait pas de son erreur.

Il plia le plan de Cauder avant qu'il n'achève de le couvrir de points, de croix et de lignes contraires, le remercia et pensa qu'il était temps de subir la « réunion générale » qui l'attendait dans sa chambre.

— En bref, où en sommes-nous ? questionna Charles, planté de toute sa taille au centre de la chambre.

Victorine était à demi allongée sur le lit. Cueilli à

froid, Georges demeura sans réponse. Charles lança à Victorine un regard saupoudré de fierté.

— Mon petit Georges, fit-il, essayez de…

— Je ne suis pas votre petit Georges !

— Vous êtes ce que vous voulez et je m'en moque, pourvu que vous réussissiez ! clama-t-il, écarlate.

— Si vous voulez hurler, adressez-vous ailleurs, dit Georges.

Imperturbable, Victorine les contemplait d'un air indulgent. Charles reprit son sang-froid.

— L'espérance de ne pas payer, c'est votre mère qui me l'a donnée. L'idée m'a paru bonne, j'ajouterai même excellente, dit-il en détachant les mots.

— Elle le serait à moins, fit Georges.

— Je ne vous le fais pas dire. Et maintenant, je ne peux plus me séparer de cette idée, larmoya-t-il.

— L'idée de payer vous est donc devenue insupportable, précisa Georges.

— Il serait plus juste de dire que M. Longwy sent qu'il a affaire à des aigrefins et qu'il refuse de se laisser rouler, rectifia Victorine.

— C'est un point de vue, dit Georges. Il n'empêche que, légalement, la mort de Réno est accidentelle.

— Tu connais mon idée sur ce genre d'accident, dit-elle.

— Tout ce que tu voudras. Mais il n'y a aucune enquête officielle d'ouverte et l'assurance vie doit jouer. Quels sont vos délais extrêmes ? demanda-t-il à Charles.

— Pour payer ? fit-il d'une petite voix. (Georges haussa les épaules.) Le temps d'établir quelques papiers et ça dépend aussi des héritiers… S'ils nous harcèlent ou pas.

— Ça fait combien tout ça ? s'impatienta Georges, qui avait le carreau du Temple en horreur.

— Une semaine minimum et un mois au maximum, répondit Charles.

— Soyons optimistes et disons un mois, je connais les héritiers. Ils vous foutront la paix.

— Un mois ! Mais c'est merveilleux ! s'écria Victorine. Je vais m'installer ici, tu me prêteras ta voiture et ça ne traînera pas, je le garantis.

— Je regrette mais j'ai besoin de ma voiture, dit Georges.

— J'en louerai une ! Je trouve que tu n'es pas très aimable avec ta mère, dit-elle.

— Il n'est pas question d'être aimable, dit-il.

— Qu'espérez-vous ? demanda Charles.

— Primo, me glisser dans la peau de Réno en écoutant ses amis me parler de lui. Secundo, essayer de piger la montagne et les types qui grimpent dessus. Tertio, faire le siège de la sœur, cette Claudine Saffre, jusqu'à ce qu'elle avoue le suicide de son frère, expliqua Georges.

— Un mois, ça me semble court, s'inquiéta Charles.

— Très court. Mais j'ai déjà commencé le boulot, dit Georges.

— Et maintenant, je suis là ! dit Victorine.

— Malheureusement je ne pourrai pas rester, déplora Charles.

— Votre présence ne s'impose pas, dit Georges. Je croyais que la montagne t'étouffait, te donnait des angoisses. Tu serais mieux en Bretagne, conseilla-t-il à sa mère.

Elle le toisa et décrocha le téléphone pour retenir une chambre.

L'hôtel était plein comme un œuf. On lui proposa de la diriger sur l'Hôtel Suisse, de l'autre côté de la rue, avec lequel ils travaillaient souvent. Elle accepta.

— Nous ne vivrons pas sous le même toit. C'est dommage, railla Georges.

— Je vous téléphonerai tous les jours, dit Charles à Victorine.

— Oh ! Charles, vous êtes un amour ! dit-elle.

— C'est touchant, fit Georges.

Charles annonça qu'il voulait sabler le champagne avant de s'en aller. Il entretenait le moral de la troupe. Il descendit le premier. Georges et Victorine restèrent seuls.

— Nounours, comment oses-tu te montrer aussi odieux avec ta vieille mère ?

— Je ne peux pas sentir ce sale nabot. Quant à ma vieille mère...

Il la saisit aux épaules et la campa devant une glace. Elle entortilla une boucle de cheveux autour de son index et soupira.

— Un compliment ! C'est de la paresse, mon Nounours. Mais tu ne saurais pas t'occuper vraiment d'une femme. Tu ne trouveras jamais à te marier. D'ailleurs, si tu te mariais, tu serais malheureux comme les pierres, décréta-t-elle.

— Tu sais que la vallée est étroite, que tout le monde se connaît et qu'un détail peut prendre des proportions considérables, dit-il d'un air inquiet.

— Tu oublies que j'ai été ton professeur !

— Je n'oublie rien. Je te répète que l'ambiance d'ici est spéciale et que des soupçons d'assassinat en haute montagne, ce n'est pas de la broutille. Il ne s'agit pas d'un danseur mondain, d'un taulier ou d'un vendeur de bagnoles. Il s'agit d'un guide. C'est un métier noble !

— Un homme, ce n'est qu'un homme, fit-elle. Tu me donnes son adresse et le reste me regarde.

— Il habite au village des Bois avec ses parents. C'est une ferme. Et lui c'est un guide très estimé.

— Qui part à deux et qui revient seul !

— Tu penses mal. Depuis mon arrivée j'ai vu des choses... (Il hésita.) La montagne, c'est terrible...

— Souviens-toi de toutes nos affaires. Il faut travailler sur la dernière personne qui a vu le disparu ou le mort. De là on remonte jusqu'à la source. C'est une loi.

— Réno s'est suicidé. Il n'y a pas à en sortir, affirmat-il.

— On verra, dit-elle en quittant la chambre.

Georges l'a suivie.

Les longues conversations ennuyaient Victorine. Elle préférait agir. Dans les débuts, le père de Georges avait essayé de garder l'enfant en le plaçant chez son grand-père et une tante. Victorine avait brandi un revolver, ce qu'elle jugeait plus rapide que les paperasses d'un huissier et d'un avoué.

Après l'enterrement et dès qu'ils le purent, Monique et Firmin rejoignirent Linder et leur cousin Sedif dans une guinguette située derrière le golf.

Ça s'appelait le Bois du Paradis. Il y avait un torrent coulant à plat, des ânes loués à des enfants et on y mangeait des crêpes.

Ça sentait la famille et l'ordre établi. Monique et les trois hommes s'assirent sur un banc rustique, près d'un pont de bois.

Firmin relata les événements. Linder eût préféré que Réno soit tombé accidentellement. C'était moins lourd à porter et puis ça le consternait de ne pas y avoir crû, d'avoir été joué.

— Il s'est suicidé, dit Monique. Ça ne fait pas l'ombre d'un doute.

— L'imbécile, murmura Linder.

— Pas tellement, dit Monique. Il a choisi la seule manière de partir en silence, de couper tous les ponts derrière lui, d'empêcher la société de s'occuper des vraies raisons. Il les a obligés à officialiser son accident... il a protégé sa famille... (Elle chercha la suite en les dévisageant.) C'était un homme, ajouta-t-elle.

— Ça va, ça va !... coupa Linder.

Il essaya d'allumer une cigarette et cassa successivement deux allumettes.

— Et on ne peut pas risquer de proposer un marché à ce Hubert Saffre, dit Firmin. Il irait immédiatement à la police.

Linder en était également persuadé.

— Il faudrait que la sœur rappelle ses domestiques et que vous partiez, dit-il.

— Que dirons-nous ? demanda Monique.

— Que vous aviez été engagés par Jean Réno et que vous ne voulez pas rester après sa mort.

— Et s'ils veulent nous garder quand même ?

— Il faut l'annoncer comme une décision. Priez-les de rappeler les autres par télégramme. Vous en faites une question de sentiments. (Il regarda Firmin.) Tu laisseras opérer Monique, elle s'en arrangera très bien.

— Et après ? demanda Firmin.

— Rendez-vous dans la planque de Saint-Germain. De là, nous irons peut-être rejoindre Sunberg et ses hommes en Suisse. À moins qu'on se regroupe tous à Saint-Germain...

La mort de Réno les privait de boussole. Il avait été le but et le souffle, cette possibilité de s'étendre, de s'enraciner comme les vieux chênes, qui est la meilleure sauvegarde des révolutionnaires éparpillés.

L'eau coulait très, très vite sous le pont de bois. Linder pensa aux gens qui lui faisaient confiance et qui ne savaient encore rien de l'échec du dernier plan. Il prépara ses mots... Il leur dirait d'abord que les révolutionnaires de toutes les époques avaient un point commun : ils ne mouraient pas dans leur lit.

11

Dans le milieu de l'après-midi, Georges essaya de retrouver Cauder et Marie-Rose, et il se trompa d'abord de chemin. Le camp de camping ne pouvait lui servir de point de repère, vu que, dans ce secteur des Bossons, les camps se multipliaient.

Il se décida à fourrer le plan dessiné par Cauder dans sa poche et à se renseigner.

— On m'a dit que c'était à côté d'une ferme habitée par des gens assez simples... heu... vous voyez... simples d'esprit, expliqua-t-il avec tact à une femme qui tenait la buvette en face du télésiège.

— Vous voulez parler des crétins du haut ou des crétins du bas ?

— C'est une colonie ? demanda-t-il respectueusement.

— Non. Deux familles. Ils ne sont pas méchants, vous savez.

— Tant mieux, fit Georges.

— Vous voyez, la grosse maison basse, c'est ceux du haut. Les autres sont derrière le petit bois, entre les deux camps.

Georges remercia. Dans le soleil, les campeurs frétillaient comme des gardons. La vie de château de toile.

Un déballage de matériel digne des grands magasins. Et surtout le calme, le silence avec un transistor par tente et une massive armée de gosses qui se poursuivaient en braillant à travers le camp.

Il longea la ferme du bas. Un bonhomme, le cou hypertrophié, les pieds en dedans, ramassait de l'herbe pour les lapins. Le vrai petit monstre. Georges pensa que si Victorine ne se montrait pas compréhensive, elle n'y couperait pas de son pèlerinage. Le chemin s'enfonçait dans les taillis. Georges le suivit et déboucha dans une minuscule clairière. Un mazo de bois blond verni y était posé sur cales.

Une marmite de cuivre remplie de fleurs était suspendue à une chaîne, au-dessus d'une petite terrasse délimitée par une balustrade. À droite de la porte on lisait en lettres de fer noir : *Marie-Rose*.

Elle tricotait, en bikini, coiffée d'un chapeau de paille conique. Cauder et trois types ambitionnaient de daller le sol de grosses pierres plates et ils se reculaient toutes les deux secondes pour juger d'un travail qu'aucun patron n'eût honoré d'un kopeck.

Georges vit du premier coup d'œil qu'il était chez des philosophes du muscle. Les gros bras. En slip de bain ou en short, c'était l'exposition des triceps, dorsaux, dentelés, trapèzes, pectoraux, et tout ce qui peut servir à se rétablir sur une barre fixe, à soulever un sac ou à mettre son poing sur la gueule d'un malpoli.

Le plus costaud ne foutait rien. Le crâne rasé, il était assis au bord de la terrasse. Il avait des yeux d'enfant, un torse d'une épaisseur indestructible, des mollets boules et des cuisses de granit. Il était d'une taille moyenne et rustique par définition.

— Salut ! cria Georges pour rester dans le ton gladiateur.

— Pas si fort, y en a qui roupillent à l'intérieur, dit Cauder.

Georges termina les quelques mètres sur la pointe des pieds. Il se présenta à la ronde, d'une voix modérée. Chacun des hommes déclina son blase.

Il y avait Toto, à ne pas confondre avec Tio-Tio le flambeur. Toto tendit la main gauche, vu que la droite était gantée de cuir et ne s'ouvrait plus qu'à demi. Ce n'était que le souvenir d'un accident de voiture. Il n'y avait pas que l'Alpe homicide. Il y avait les belles routes du XXe siècle, le trop-plein de la natalité.

Le second s'appelait Manu. Il avait une mine patibulaire et il écrivait des romans policiers pour réparer les désordres de sa jeunesse.

Le plus grand, sec, une dentition d'explorateur nourri de conserves, s'appelait Kollop. Autodidacte, il émettait des dictons de réforme sociale.

Le cinquième, ce roc aux yeux d'enfant, répondait au surnom de « la Farine », et Georges n'osa en demander l'origine.

Cauder était une abréviation de Caudelier. Il avait une boutique d'opticien à Paris, rue Saint-Placide. Il pratiquait l'amitié, tout en connaissant la vie bien plus qu'il n'en donnait l'impression.

— Écoutez, leur dit Georges, je ne suis un alpiniste d'aucune catégorie. Je dirai même que j'ai le vertige. C'est seulement la mort de Jean Réno qui m'a amené à Chamonix.

— L'accompagnement de l'ami à sa toute dernière demeure, déclama Kollop.

— Même pas, dit Georges. Je ne l'ai vu que sur photo et je n'en avais jamais entendu parler avant qu'il ne dégringole de cette montagne.

Ils s'étaient groupés autour de lui et Marie-Rose ne tricotait plus. Manu lui enleva son chapeau de paille et en coiffa Cauder. Ce clan refusait le tragique.

— J'ai constaté qu'en montagne on se liait vite et

qu'on se tutoyait encore plus vite, dit Georges. Je pouvais vous jouer n'importe quelle comédie pour que nous parlions de Réno ensemble. Je préfère que vous sachiez que j'enquête sur sa mort.

— Police ? demanda Manu.

Il était visible que, ni lui ni l'assistance n'adoraient les flics.

— Si tu entends par là que j'approvisionne les commissariats et les prisons, je ne suis pas un flic, répondit Georges.

Il leur expliqua le reste et son penchant pour le suicide de Réno.

— C'est marrant, ton histoire, dit la Farine.

— Et puis la montagne n'est pas très causante, dit Cauder.

— Je suppose que les héritiers attendent le carbure de l'assurance, dit Manu.

— Ils sont déjà très riches, dit Georges.

— Raison de plus. Les gens riches ne se trouvent jamais assez riches. C'est d'ailleurs pour ça qu'ils le sont tellement, dit Manu.

Georges acquiesça par diplomatie. Les évidences le barbaient et il manquait de temps.

— Si Réno, que vous aimiez bien je crois, s'est suicidé, est-ce que ça vous intéresserait de m'aider à le prouver ?

— Un suicide, ça se respecte, dit Kollop.

— S'il en avait marre de faire le guignol, c'est pas mes oignons, dit la Farine.

— D'abord, dit Cauder, quand il est venu en juin au magasin, il était en pleine forme et ce n'est pas la fille qui l'accompagnait qui devait lui flanquer le bourdon ! Ah ! les enfants, j'aurais voulu que vous voyiez la fille !

Il jeta un regard prudent vers Marie-Rose et stoppa ses transports.

138

— S'il a changé, ça serait donc vers le début juillet, dit Georges. Personne ne l'a revu à cette époque ?

Ils secouèrent la tête. Sauf la Farine. Et Georges sentit que cet homme ne batifolait pas avec ses principes. Il était du genre à en mourir sans en démordre.

— Tu avais déjà fait des courses avec Réno ? demanda Georges à Cauder.

— Surtout du ski.

Il alla chercher une photo à l'intérieur du petit chalet. C'était au retour de Chamonix-Zermatt. Réno brillait de toute sa splendeur et la femme qui posait entre Cauder et lui le dévorait des prunelles.

— Est-ce qu'il grimpait très bien ? demanda Georges.

— Oui. Et doué d'une force colossale, répondit Cauder.

— Alors pourquoi prenait-il un guide ?

— Faut bien que tout le monde vive, lança Kollop.

— Ta question, c'est la grosse question, dit Cauder. Il y a une bande d'amateurs qui marchent sans guide et on en fait partie. La montagne, pour nous, c'est comme une femme. Et on ne veut pas payer pour faire l'amour avec une femme. Tu vois ce que je veux dire ?

— Je vois, dit Georges. Et Réno, ce conquérant, il payait pour faire de la montagne ?

— L'année dernière il a marché sans guide, dit Cauder.

— Avec qui ?

— Un peu avec tout le monde. Il a fait deux courses avec moi.

— Difficiles ?

— Oui. Enfin, moyennes, quoi. Il avait la grosse cadence.

— Et puis avec ce petit Balmat, il faisait ce qu'il voulait. La preuve, il a fait la course en tête jusqu'au tunnel, dit Toto.

— Pour tomber si bêtement, insinua Georges.

— Quand on tombe c'est toujours bête, dit Kollop.

Georges n'avançait guère. Le type qui ronflait dans le mazo apparut en bâillant. Il était jeune. Vingt ans, peut-être vingt-cinq. Il sortait de Polytechnique. Pacifiste, croyant, il tablait sur ce que l'homme avait de meilleur. Il s'appelait le Ménestrel. Ça donnait Ménès pour les amis. Blond, le front haut, un visage réjoui, il redescendait du pilier Bonatti au Dru.

Marie-Rose, qui avait un petit faible pour Ménès, lui servit une boisson. Et, regardant Georges, elle lui tendit un bol. Il profitait du voyage. C'était une infusion de thym.

— Et cet Anselme Vargas qui partage sa tombe avec Réno, vous le connaissiez ? demanda Georges.

— Foudroyé au Dru en 1958, presque au sommet de la face nord. Un très gentil garçon, assura Ménès.

— Un Brésilien qui gérait là-bas un laboratoire de Réno, expliqua Cauder.

— Réno était avec lui ce jour-là ? demanda Georges qui voyait poindre une piste psychologique.

— Non, dit Cauder.

— Je ne me souviens plus du nom de l'autre, dit Ménès.

— Martel, dit Manu qui avait la mémoire des noms. Un type du COB [1]. Il a été foudroyé aussi mais on n'a jamais retrouvé son corps.

— Réno s'est occupé de faire descendre celui de Vargas et de l'enterrer, dit Cauder. J'y étais.

— Et tu savais qu'il avait acheté un emplacement pour deux ? demanda Georges.

— Non.

— Ça ne vous paraît pas bizarre ? Et pourquoi la sœur a-t-elle placé son frère dans ce caveau ?

---

1. Club olympique de Billancourt. Camp placé entre Chamonix et les Gaillands. Il est formé d'alpinistes amateurs très forts. On y rencontre des individualités teintées d'anarchisme.

— C'est une idée de conservateur. Réno était conservateur, dit Kollop.

— Donc, il prévoyait sa mort, dit Georges.

— Te croirais-tu éternel ? s'inquiéta Ménès.

— La mort de Vargas l'avait touché, dit Cauder. Sa sœur pourra te le confirmer.

— Si sa famille ne peut pas te rencarder, qui le fera ? dit Manu.

Georges s'adossa à la balustrade. Il pataugeait dans cette histoire à en devenir dingue. Il baissa la tête. Toto et la Farine s'amusaient à essayer de se déséquilibrer pied contre pied, en se poussant et en se tirant brusquement d'une main. Les autres leur lancèrent des quolibets.

À l'extrémité de la terrasse, il y avait du matériel de montagne en vrac qui n'attendait plus que d'être fourré dans des sacs. « Demain, ils monteront peut-être là-haut », pensa Georges.

Marie-Rose lui frappa sur l'épaule et l'invita à pénétrer dans la maison. L'unique pièce comportait une loggia qui diminuait la hauteur du plafond et servait de dortoir aux amis. Sous la loggia il y avait un lit à deux places et des tiroirs sous le lit. Chaque centimètre était utilisé. Une échelle de bateau menait à la loggia. Georges eut envie de cette maison.

Marie-Rose lui plaça entre les bras une flopée de bouquins de montagne et y ajouta une encyclopédie des alpinistes célèbres. Georges plia sous la charge et elle le poussa dehors en parlant derrière son dos, en phrases brusques et hachées.

— Faut que tu lises. Tu verras… accidents, accidents, accidents… pas de suicide. La montagne n'en a pas besoin. Affreuse… horrible… des pierres… la tempête… le froid… la mort… horrible !…

Cauder et la bande semblèrent ignorer l'épouvantail qu'agitait Marie-Rose. Georges avala un peu de salive.

— Si tu bouquines ça, t'es foutu. Tu monteras jamais, dit Toto.

« Pourtant ils ont l'air d'aimer la vie », pensa Georges en les regardant. Ménès marchait sur les mains.

— Et vous, pourquoi grimpez-vous là-dessus ? dit Georges assez bas.

Il contemplait les aiguilles, rendues plus redoutables par la lumière de cette fin d'après-midi. La question les laissa bouche bée. Ils se consultèrent du regard. Ménès sauta sur ses pieds.

— Parce qu'elles y sont, répondit-il le premier, et personne ne trouva rien à ajouter.

Georges, la pile de livres sur les bras, quitta la clairière.

— Reviens quand tu veux ! cria Cauder.

— Joyeuse lecture !

— Regarde où tu mets les pieds !

— Prends un guidos !

Les éclats de voix l'accompagnèrent assez longtemps. Il rentra à l'hôtel, se boucla dans sa chambre, dit qu'il n'y était pour personne, commanda un repas léger et tira le dossier de l'affaire.

Il ajouta des notes à celles relevées chez Jacques Balmat et se plongea dans la lecture des *Alpinistes célèbres*. Il lisait allongé sur le ventre. Il fit sauter ses chaussures et alluma un cigarillo.

Il constata immédiatement que Marie-Rose avait exagéré et que, du moins au début du bouquin, un nombre respectable d'alpinistes célèbres, moustachus et barbus étaient morts dans leur lit.

Il soupira d'aise et mangea de bon appétit. Si Charles avait aperçu son enquêteur vautré sur un lit, ses ultimes espérances se seraient envolées.

12

— Ouvre ! C'est moi !

Dans le couloir, Victorine explosait. Depuis la veille elle cherchait à voir Georges et elle était décidée à faire sauter toute la baraque.

Il ouvrit. Il était deux heures de l'après-midi, ce dont il se foutait royalement.

Les bouquins de Marie-Rose traînaient sur le tapis. Victorine huma l'air comme un chien de chasse.

— Je suis seul. J'ai turbiné toute la nuit, dit Georges d'une voix molle.

Elle jeta, malgré tout, un coup d'œil dans la salle de bains. Elle connaissait l'oiseau.

— Tu crois que la solution est dans ta chambre ? demanda-t-elle.

— Elle est là, fit-il en posant son index sur son front.

— Heureusement que moi, je suis là ! Je t'annonce que Jacques Balmat couche avec la fille de Réno.

— Non, sa nièce. Éliane, précisa-t-il.

— Et c'est tout l'effet que ça te produit ?

— Pour un crétin des Alpes, il a réussi à se placer en première classe, dit Georges.

— Je t'avais dit ça, mais je ne le pensais pas. J'étais

énervée... Alors, qu'est-ce que tu penses de mon histoire ?

— Je pense qu'il a de la veine. La fille est un peu pimbêche, mais bien roulée, répondit Georges.

— Tu ne te rends pas compte de l'importance de ma découverte ! Ils sont fous d'amour et la famille n'aurait jamais voulu ! Jean Réno le premier !

— Pourquoi ? demanda Georges en bâillant.

— Comment pourquoi ? Mais la mésalliance, voyons !

— Minute, fit Georges.

Toujours couché, il se pencha, rafla *Les Alpinistes célèbres* et tendit le bouquin à sa mère.

— Page 106, dit-il.

Éberluée, Victorine chercha la page et lut : *Jean Charlet 1840-1925*.

— Tu te fous de moi ?

— Lis, j'te dis. C'est un guidos qui a épousé miss Straton, une Anglaise de la haute.

Elle lut de mauvaise grâce et lâcha le livre qui tomba lourdement.

— N'abîme pas le matériel, dit Georges.

— Ça n'a aucun rapport. Le pauvre Réno ne savait pas qu'il partait avec un ennemi mortel, soupira-t-elle.

— Arrête. Tu vas me faire chialer...

— Et elle ! Coucher avec ce... ce... enfin je me comprends ! Décidément les femmes sont folles !

— Si tu veux mon avis, elle en a pour son pognon. Le lascar doit être vigoureux.

— Nounours, je te trouve ignoble !

— Et... tu les as vus ou... entendus ?

— Ça se passe dans une petite maison du village d'Argentière[1]. Ah ! ils m'ont fait courir.

— Alors, *vus* ou *entendus* ? insista Georges.

---

1. À une dizaine de kilomètres de Chamonix, vers la Suisse.

— On doit leur prêter la maison. Pour une jeune fille c'est mieux qu'un hôtel.

— Je suis certain qu'elle irait volontiers à l'hôtel. C'est lui qui est trop bien. Il la met sur un piédestal, comme on dit.

Georges acceptait la coucherie comme une certitude qui ne changeait rien au problème.

— On tient une piste ! affirma Victorine.

— Que tu comptes suivre sous quelle forme ?

— Les moyens habituels. Une preuve, une photo par exemple. Après je coincerai la petite, et à la faveur de son émotion, je lui arracherai la vérité.

— Astucieux. Très astucieux, fit Georges.

— Et toi, pendant ce temps-là, qu'auras-tu fait ?

— Rien. Je suis un peu paumé, avoua-t-il.

— Ne t'inquiète pas, Nounours. Je vais me fixer à Argentière. Il faut toujours se rapprocher de l'objectif. Je te téléphonerai mon adresse.

Elle l'embrassa comme s'il était atteint d'une maladie contagieuse et que seule sa maman chérie était prête à sacrifier sa propre vie pour le soigner. Elle avait lu *La Porteuse de pain* et *Les Deux Orphelines*. Et elle les relisait inlassablement.

Après son départ Georges compta jusqu'à sept, le chiffre magique (sept couches de la peau, sept péchés capitaux, sept points des dés à jouer, sept jours de la semaine, etc.) et le chiffre le plus employé par les grands menteurs. Il se leva d'un bond, se colla sous l'eau froide et se précipita chez Jacques Balmat.

Il le trouva devant sa ferme en train de bricoler sur l'essieu d'une charrette.

— Alors, pas en montagne par ce beau temps ? lui demanda Georges.

— La montagne, c'est terminé pour moi, répondit-il.

— Vous préférez sans doute traîner vos guêtres à Argentière ?

Balmat posa son outil et se retourna d'un bloc. Ses lèvres s'amincirent.

— Ça vous regarde, où je vais ?

— Je vous ai déjà expliqué que la mort de Réno n'était pas nette.

— Il est mort et enterré ! Est-ce que vous ne pouvez pas foutre la paix à un homme enterré ?

— Ne vous plaignez pas. Je vous répète que je travaille pour vous. Et il y a d'autres personnes qui enquêtent. Ce n'est pas le moment d'agir anormalement. Par exemple, de coucher avec la petite Saffre.

Il ne chercha pas à nier. C'était un pur, incapable de dissimuler ses sentiments.

— On est bien libres, non !... grogna-t-il.

— Les gens sont ignobles. Ils vont croire que vous avez tué l'oncle parce qu'il ne voulait pas que vous épousiez sa nièce.

— Qui est-ce qui dit ça ? demanda-t-il en reprenant machinalement son marteau.

— Si vous n'arrêtez pas, beaucoup de gens le diront et vous ne pourrez pas les tuer tous à coups de marteau, plaisanta Georges.

— Éliane sait ce qu'elle doit faire. De plus, elle a des parents.

— Oui, mais son oncle dirigeait tout et des gens le savent.

— Les gens ! Les gens ! Qui ça, les gens ?... hurla-t-il.

— Mon petit vieux, vous n'êtes pas sur une île déserte, dit Georges.

Le jeune guidos se calma et jeta un coup d'œil sur sa montre.

— N'y allez pas. Vous êtes suivi, dit Georges. Téléphonez ou écrivez pour la prévenir et allez vous balader en montagne avec des clients. Reprenez une vie normale et ça se tassera. C'est l'affaire d'une quinzaine.

Trois semaines au maximum. Si j'arrive à prouver que Réno s'est suicidé, ça soulagera votre conscience et ça classera l'affaire. Si je n'y arrive pas la compagnie d'assurances paiera et ça classera l'affaire également. Et je vous garantirai le suicide quand même. Vous valez mieux qu'un métier brisé pour des balivernes.

Georges parlait avec une infinie gentillesse, en regardant le guidos dans les yeux.

— Si vous l'aimez, évitez-lui, à elle aussi, de monter sur la sellette, ajouta Georges.

Il acquiesça. Deux choucas apprivoisés, un mâle et une femelle, se posèrent sur les brancards de la charrette. Ils inclinaient amicalement la tête vers les hommes. Balmat les avait ramenés des aiguilles Rouges. Ils étaient tombés du nid.

— Sales bestioles ! dit Balmat en leur lançant un morceau de ferraille.

Les choucas tombèrent du brancard et se plaignirent en criaillant.

— Ce sont des oiseaux de montagne. Ne leur faites pas de mal, dit Georges.

Le visage du jeune guidos se crispa. Il souffrait.

— Emportez-les, dit-il soudain. Je vous les donne. Emportez-les !

Il essayait de se protéger contre lui-même et Georges y fut sensible.

— D'accord, fit-il, ne sachant même pas ce qu'il ferait de ces bestioles.

Balmat les enferma dans une caissette de bois garnie de barreaux sur le devant. Georges saisit la poignée en corde fixée sur le dessus.

— Le plus gros s'appelle Grâl et la femelle Freu. Ils bouffent n'importe quoi, ricana le guidos.

— Je vous les rendrai quand vous voudrez, proposa Georges.

Il ne lui répondit pas, mais il l'escorta jusqu'à la 203 rangée derrière le mur de pierres sèches.

— Du moment que vous me promettez qu'Éliane ne sera embêtée par personne, je ferai comme vous m'avez dit.

— Merci. Et allez vous dégourdir les jambes en montagne, fit Georges.

— Ça, c'est une autre histoire, murmura le guidos.

Georges installa les choucas à côté de lui et démarra. Après le passage à niveau, dès qu'il s'engagea sur la nationale, il vit une petite M.G. verte qui sortait des Praz et fonçait sur Argentière. Éliane conduisait.

Georges vira sec et la poursuivit. Elle le prit pour un dragueur et écrasa le champignon. Il y avait une ligne droite qui aboutissait à un autre passage à niveau. Elle ralentit pour le franchir et il la rejoignit. La route montait, en lacets, dans la forêt.

Ne pouvant la doubler, Georges klaxonna et lui adressa des signes désespérés pour qu'elle s'arrête.

Elle donnait toute la gomme, surprise de ne pouvoir semer une vieille 203. Au sortir de la forêt, Georges emballa en seconde, la doubla, la serra sur le bas-côté et la contraignit à freiner et à se ranger sur un dégagement sous peine de basculer dans le fossé.

Il sauta de voiture et s'approcha. Elle le reconnut.

— Vous êtes complètement cinglé ! Je vais me plaindre et on vous enlèvera le permis ! cria-t-elle.

— Excellente idée. Ça m'obligera à me marier pour me faire conduire.

— Vous marier !... Avec la théière que vous avez ?

Il s'accouda à son pare-brise et, comme elle enclenchait rageusement la marche arrière, il serra le volant et tourna les roues dans le mauvais sens.

— Mademoiselle a un faible pour les visages de brute. Même si le cœur est tendre sous la vareuse, Mademoiselle s'en balance. Mademoiselle baise sans doute les yeux ouverts… à Argentière.

— Hein ? fit-elle, suffoquée.

— Arrêtez de vous amuser avec ce petit guide. Il en bave assez comme ça et vous allez lui attirer une montagne d'ennuis.

— Vous commencez à me courir, dit-elle vulgairement.

Il lui expédia une petite gifle cinglante, du bout des doigts.

— Si elle ne vaut pas celles de votre mère, dites-le-moi, je peux faire mieux.

— Vous… vous m'avez giflée, dit-elle en hoquetant.

L'humiliation la fit pleurer.

Il ouvrit la portière de sa petite bagnole et l'invita à descendre.

— Fichez le camp, dit elle.

— Où ça ? demanda-t-il. Chez vous ? Pour expliquer à vos parents que vos caprices de vacancière dépassent les bornes ?

— Vous pouvez vous vanter d'être un joli coco !

Il la saisit au poignet et la tira violemment hors de la voiture. Elle se sentait prise dans un étau.

— Marchons un peu, dit Georges entre ses dents.

Elle obéit tout en essayant de dégager son poignet. Il lui maintenait le bras le long du corps. De loin, on les prenait pour des amoureux marchant les doigts entremêlés. Georges s'écarta de la nationale.

Ils marchaient en silence. Le bras d'Éliane s'engourdissait.

— Vous me faites mal, dit-elle calmement.

Il la libéra, mit les mains dans ses poches et shoota dans une boîte rouillée.

— Vous n'êtes pas idiote. Oubliez votre fric et réfléchissez à la situation. D'ailleurs, pourquoi restez-vous ici ? Après l'accident vous auriez dû partir.

— Ma mère ne veut pas. Nous restons habituellement jusqu'au 15 août et elle ne veut rien changer à nos habitudes.

— N'oubliez pas que certaines personnes, dont moi, n'aiment pas du tout cette version d'accident. Vivez comme vous l'entendez, mais n'embrouillez pas les cartes à plaisir. Je m'en rapporte à vous, dit-il d'une voix amicale.

Elle conservait un silence têtu. Ils revinrent sur leurs pas et il s'arrêta devant sa 203.

— Pourquoi cette guimbarde roule-t-elle si vite ? demanda-t-elle.

— Ça vient du chauffeur.

— La modestie ne vous étouffe pas, grimaça Éliane.

Comme il ouvrait la portière pour s'installer au volant, elle aperçut les choucas. Ils tapaient du bec contre la cage.

— Il a enfin décidé de s'en débarrasser, dit-elle.

— Un rien vous gêne…

— Un jour il est venu avec ces affreux corbeaux et mon angora ne les supporte pas. Ça lui donne des palpitations.

— J'aime beaucoup les chats, dit Georges. J'ai un ami qui les prépare très bien. C'est meilleur que du lapin. La chair en est plus fine.

— Vous êtes pire que… que… (Elle cherchait un mot absolu.)

— On se serre la main ? proposa-t-il en tendant la sienne.

— Pouah ! fit-elle en tournant les talons.

Georges s'attarda sur son déhanchement ; elle avait un galbe du mollet qui incitait à grimper plus haut, ce qu'il considérait comme un exercice infiniment moins dangereux et beaucoup plus agréable que l'alpinisme.

Le soir même, il régnait au bivouac une ambiance

propice au repos du guerrier. Georges refusa une partie de 421 à rallonges animée par Gérard Géry et un personnage débordant de vitalité qui lui fut présenté sous le nom de Pierre Mazeaud. Trapu, la mèche courte et noire, la bouille ronde, l'œil partout, trente-cinq ans, c'était un éminent juriste et un alpiniste amateur de grandes courses qui avait déjà défrayé la chronique. Georges apprit qu'il était revenu vivant, en compagnie du guide Bonatti, de l'épouvantable tragédie du pilier du Frêney. Derrière eux, quatre copains morts d'épuisement. Georges, trop imbibé de catastrophes, se glissa sur le seuil de la piste de danse, évaluant ses chances de dégoter une partie de jambes en l'air, et dans les plus brefs délais.

Une petite bonne femme, plutôt bien en chair, dansait en appliquant sur son visage un masque de chat méphistophélique. Connue de tous et de toutes et vice-versa, ça revenait à dire qu'elle n'appartenait à personne et que personne ne lui appartenait.

Georges lui demanda la signification de son masque. Elle l'avait abandonné sur la table. Il joua avec et ils entamèrent une discussion sur l'envoûtement des déguisements.

Ça se termina dans la piaule de Juliette. Elle se déguisa en première communiante, les yeux baissés. La séance était à base d'intellectualisme et d'avilissement, et Juliette lui recommanda de demeurer lucide tout en supervisant l'acte de très haut. Le truc archisimple dont Georges se contenta de tirer un plaisir bestial, le trémoussement du primate émetteur de grognements.

Le souvenir de cette garce d'Éliane l'aida à réaliser une honorable performance. Tandis que la sympathique Juliette redescendait au bivouac, Georges alla se pieuter.

Il se sentait léger et ouvrit la cage des choucas. Ils sortirent prudemment et se mirent à sautiller sur le tapis. Il imagina d'emplir le bidet et ils burent avidement. Il restait du pain dur. Il le posa sur le bidet et enferma les bestioles dans la salle de bains.

Les sens apaisés, il rédigea deux lettres destinées à deux jeunes filles qu'il réchauffait pour l'automne. Il s'exprima avec tendresse et, satisfait de sa journée, ouvrit la fenêtre sur le clair de lune.

13

Les choucas cassèrent le verre à dents, déchiquetè-
rent une serviette, souillèrent le bord de la baignoire et
réussirent, avec bien du mal, à boucher les W.-C. en y
laissant choir le tube de dentifrice.

Georges jugea urgent de glisser un gros pourliche
dans la menotte de la femme de chambre et il flanqua
les oiseaux sur le balcon afin qu'ils profitent du soleil.
Avec le secret espoir qu'ils se débineraient dans la
journée.

— À ta place j'irais jeter un œil chez Gaffier, lui
conseilla Géry.

— *What is this* ? demanda Georges, influencé par le
côté international de la station.

— Un jeune type sympa qui tient la Hutte. C'est sur
ta gauche, le magasin de sport qui fait l'angle. Jean
Réno se servait là. Gaffier a donc dû le voir peu de
temps avant l'accident…

— Le suicide, rectifia Georges. Je ne veux plus
entendre prononcer que ce mot.

— Le doping du mot, hein ? Petit cinéma intérieur.

— Chacun ses méthodes, fit Georges. J'y vais de ta
part ?

Géry acquiesça. Le magasin comprenait une pièce de plain-pied et un sous-sol. Gaffier y siégeait au milieu des cordes, pitons, mousquetons, piolets, et de tout un matériel ultra-spécial capable de protéger les alpinistes contre les vols planés.

Les clients tripotaient les objets. Georges repéra un zigoto qui n'avait visiblement pas un rond. Il naviguait à l'image des enfants qui rêvent de trésor, hypnotisé par le superbe étalage de matériel. Ses godasses de montagne étaient rapiécées sur les flancs.

Gaffier imprimait à toute vente une note amicale. Entre deux clients, il confia à Georges que Jean Réno était venu lui acheter du matériel la veille de son départ pour les Drus.

— S'est-il comporté d'une manière différente ? demanda Georges.

— Non. Peut-être un peu plus bref qu'à l'habitude. Mais vous savez, chacun a ses jours, répondit Gaffier.

— Vous n'avez donc échangé aucun propos particulier ?

— Non. J'avais justement sa pointure de chaussures. Il chaussait du 48 et je n'en commande qu'une paire à la fois à l'usine. Ce n'est pas une pointure assez courante pour la stocker.

— Je croyais qu'il faisait faire ses chaussures sur mesure ?

— Oui. Mais cette fois il n'en a sans doute pas eu le temps.

Gaffier lui confia avec bienveillance que les ripatons hors série posaient un problème. À cet échelon, il y avait parfois une ou deux pointures d'écart entre le pied droit et le gauche.

— Réno était-il dans ce cas ? demanda Georges.

— À peine. Il avait une demi-pointure d'écart qu'il compensait aisément à l'aide d'une semelle.

Georges nota le détail sur son calepin et sortit. Il passa devant le bureau des guides. Jacques Balmat n'y était pas, mais Georges souhaitait toujours l'y rencontrer. Il ne pouvait s'empêcher de penser que le jeune guidos était la véritable victime de l'histoire. Il sentit confusément que Balmat devait reprendre son métier de guide et que, sans cela, l'histoire ne finirait pas.

Georges longea l'église et monta lentement la côte. Les touristes fourmillaient sur cette pente qui les conduisait au téléphérique du Brévent, du sommet duquel ils avaient l'impression de posséder les jeunes montagnes d'en face.

Georges actionna la cloche du chalet de Réno qui n'avait plus, de Tohu-Bohu, que le nom.

Il rencontra un nouveau larbin en gilet rayé, osseux et glabre, et une femme de chambre aux mirettes en boules de loto qui l'annonça à Claudine Saffre.

La vie reprenant ses droits, elle le reçut en panoplie de chimiste. Elle se souvenait d'avoir chialé sur l'épaule de Georges et elle le combla de prévenances.

— Vous avez changé de personnel ? demanda-t-il.

— Ils m'ont quittée brusquement, alors j'ai rappelé les anciens qui gardaient notre propriété de Sainte-Maxime.

— Vous parlez de ce départ comme si vous vous en étiez douté à l'avance ?

— Mon frère ne les avait engagés — juste avant les vacances — que pour trois mois. Ce sont des rapatriés d'Algérie et mon frère m'avait expliqué qu'ils avaient besoin d'un certificat.

— Ah !... et pourquoi ?

— Je ne sais pas. Et mon frère ne devait pas le savoir non plus. Il n'aimait pas poser de questions lorsqu'il rendait un service.

— Puisqu'ils avaient tellement besoin d'un délai précis de trois mois, pourquoi sont-ils partis deux mois avant ?

— Chacun est libre.

— Sans doute. Mais ça ne vous paraît pas étrange ?

— Dans mon esprit tout cela est lié à mon frère. Il n'avait pas la mentalité d'un Français moyen.

— Je m'en doute. Et puisque nous en parlons, ça ne vous coûterait-il pas trop de m'entretenir de ses dernières journées ?

Elle s'en acquitta de bonne grâce. Elle le conduisit dans la chambre de Réno. Il nota sur son calepin la référence du disque dont Réno s'était copieusement abreuvé la veille de son départ pour le Dru : sur disque Fontana, Miles Davis et son interprétation de Saeta et de Salea.

— Le calvaire du Christ à la trompette... Votre frère avait des pensées plutôt macabres.

Elle lui répondit qu'il arrivait à des gens très gais d'écouter des disques très tristes et ils redescendirent dans la grande salle où Georges lui exposa longuement sa thèse du suicide. Il insista beaucoup sur le testament de Réno.

— Mais il n'a pas laissé de testament, protesta Claudine.

— Son enterrement est alors pour le moins bizarre.

— C'est vrai, admit-elle. Vous faites allusion à la tombe de son ami Vargas ?

— Oui. Et aussi à la pauvreté du cercueil.

— Jean pensait à la mort. Son assurance vie en est la preuve. Il était riche mais il n'aimait pas les choses vaines. Quand Vargas s'est tué, il a prévu une place pour lui, dans un cercueil du même bois. Ce n'était pas un mystère. Même si Jean était mort à Paris, dans son lit, ma fille ou moi, nous l'aurions fait enterrer ici. Et vous voyez, ce chalet... nous ne le vendrons jamais. Nous y reviendrons toujours... il aimait tellement la montagne.

156

— C'est pour cela qu'il l'a préférée à un accident de voiture. En voiture aussi on peut maquiller un suicide en accident. Toute son ascension est imprégnée de suicide, dit Georges pour conclure. Il a répété à Balmat qu'il voulait « finir en beauté ». Phrase ambiguë qui voulait faire croire qu'il abandonnerait la montagne après cette ascension. Mais c'était en même temps un obscur besoin de se confier. Plus loin, même épuisé, il s'est acharné à grimper en tête. Et ce n'était que pour donner confiance à son guide. Sans ça jamais Balmat ne l'aurait laissé seul en face nord et décordé par-dessus le marché. Il a utilisé Balmat comme un pion sur un échiquier. C'est clair. Ce qui l'est moins, c'est la raison pour laquelle il a voulu que son suicide soit enregistré comme un accident.

Il chercha à croiser le regard de Claudine, mais elle se déroba.

— Il aura voulu vous protéger contre un mystérieux scandale, insinua Georges.

Elle tripota les boutons de sa blouse. Elle les serrait trop fort et Georges le voyait.

— J'ai une confession à vous faire, dit-elle en cherchant ses mots. Quelques heures avant de partir au Dru, mon frère m'a priée de le rejoindre dans sa chambre et nous avons eu une longue conversation...

Georges décroisa ses jambes et un fol espoir le pencha en avant.

— ... il m'a avoué qu'il avait le pressentiment d'un accident. Je l'ai supplié de ne pas y aller. J'ai même longuement pleuré. En pure perte. Il m'a répondu qu'il ne voulait pas « s'écouter ». Que c'était le début de l'âge et qu'il voulait continuer à vivre comme s'il avait vingt ans. Voilà... (Elle hésita encore.)... en quelque sorte, je me juge responsable de l'accident. J'aurais dû agir, inventer un moyen pour l'empêcher d'y aller... c'est pourquoi nous avons pris la décision, mon mari et moi, de refuser l'argent de l'assurance vie. Si nous l'acceptions, nous n'aurions pas la conscience tranquille. Essayez d'arranger la chose avec la compagnie. Nous ne voulons plus entendre parler de ce drame et nous ne voulons plus sentir qu'une enquête traînaille autour de la mémoire de mon frère. Ça devient insupportable.

— Je comprends très bien, dit Georges. Mais rien n'est simple. Il y a des lois qui régissent les assurances. Supposez que la compagnie La Fondation que dirige M. Charles Longwy ne puisse pas accepter légalement votre refus. Supposez qu'elle soit contrainte de vous demander une preuve qui établirait le suicide de votre frère. Est-ce que vous consentiriez à fournir cette preuve ?

— Mais je ne l'ai pas ! Pourquoi me parlez-vous de suicide ?

— Parce que, en dehors d'un assassinat, c'est le seul point qui permettrait légalement à la compagnie de ne pas vous payer.

— Elle pourrait payer et nous la rembourserions, proposa Claudine.

— Un don ?... Vous confondez avec la Société protectrice des animaux ! Je vous le répète, ce n'est pas aussi simple.

— Enfin, que croyez-vous ? Que je vais rédiger un faux pour accréditer la thèse du suicide ? s'écria-t-elle. Et dès que les journalistes apprendront que mon frère s'est prétendument suicidé, ils entasseront les hypothèses les unes sur les autres, en gros titres. Et la police s'y intéressera peut-être à son tour. À quoi pensez-vous quand il vous vient des idées ? ajouta-t-elle, un peu méprisante.

— Je pense que vous n'avez pas mesuré la situation actuelle. L'assurance va être obligée de payer parce que vous ne lui donnerez pas la possibilité de faire autrement. Et moi, je continuerai à chercher les raisons d'un suicide qui me paraît évident. Et personne ne sait où ça vous mènera.

— Voulez-vous d'abord essayer de transmettre ma proposition, dit-elle calmement.

— Je vais faire davantage. Je vais prier ce cher Longwy de vous répondre personnellement.

Elle le reconduisit jusqu'à la porte principale.

— Votre charmante fille va bien ?

— Oui. Elle ne quitte plus sa chambre. Une fringale d'études, je crois.

— Présentez-lui mes respects et dites-lui que je suis venu.

— J'ai peur qu'elle y soit insensible, dit-elle en souriant des yeux.

— Je suis persuadé du contraire, fit Georges en partant.

Le valet de chambre ratissait le gravier. Il salua Georges obséquieusement. En regagnant son hôtel Georges pensa aux anciens domestiques. Des détails remontaient à la surface. Ils n'avaient jamais dû servir personne. « Que faisaient-ils avant de servir chez Réno ? pensa Georges. Ils ne travaillaient pas pour Réno en Algérie, sinon il les aurait réemployés à l'usine. Oui, qu'est-ce qu'ils pouvaient bien foutre là-bas ? » se dit-il. Il croisa une jolie fille et pensa que Réno couchait peut-être avec la prétendue femme de chambre. Il n'eut aucun mal à recréer ses formes et son visage expressif.

Victorine Securit l'attendait à l'hôtel. Elle tambourinait impatiemment sur le bras de l'unique canapé du hall. Un beau petit lot de dix-huit ans les regarda monter l'escalier. Elle connaissait Georges de vue et regrettait qu'il se tape cette femme bien conservée mais légèrement rassie.

— Et alors ? Que deviennent tes petits amoureux ? demanda Georges.

— Je ne les vois plus, soupira-t-elle.

— Comment se fait-il ? demanda-t-il d'un ton grave.

— Je ne sais pas. Ils restent chacun chez eux et n'en bougent pas.

— Une petite brouille passagère, dit Georges.

— Tu crois ?

— Ça arrive. Les femmes sont d'humeur inégale.

— Je t'en prie, ne me fais pas un cours sur l'amour. Pour toi, c'est de l'hébreu.

— Profonde erreur, dit Georges en ouvrant la fenêtre.

Les choucas se ruèrent dans la pièce. Victorine hurla de surprise.

— Je te présente Grâl et Freu. Un couple très uni.

— Mais... mais... ils sont ignobles..., balbutia-t-elle.

Juchées sur la coiffeuse, les bestioles dévisageaient Victorine avec insolence.

— Je les adore, insista Georges.

— J'espère que tu ne prétends pas les ramener à la maison !

— Nous sommes inséparables. Leurs frères connaissent le secret de Réno. Il a même eu la gentillesse de les inviter à déjeuner, dit Georges.

— Pas de littérature bon marché, coupa-t-elle. Charles téléphone dans la soirée. Qu'est-ce que je vais lui raconter ?

— Que les héritiers sont prêts à abandonner le fric s'il trouve un moyen de rendre l'opération légale.

— Quoi ? dit-elle en s'étranglant.

— En toute modestie, ceci est mon œuvre.

— Mais alors c'est gagné, mon Nounours !...

— Les contrats sont enregistrés et il existe un organisme qui supervise leur exécution. Le nabot n'est malheureusement pas seul à décider.

— Minute ! Il ne peut quand même pas payer les gens de force !

Georges, sceptique, grimaça. Victorine sortit en tornade et réapparut un quart d'heure plus tard.

— Un avion le déposera à Genève à vingt heures. On ira le chercher à l'aérodrome.

— Non. Tu iras. Prends ma bagnole. Moi, je suis crevé, dit Georges.

Il décrocha le téléphone et commanda un paquet de biscottes.

— Mes petits chéris sont au régime, dit-il à Victorine en désignant les choucas.

— Je préfère me taire, dit-elle.

— Ce n'est pas une mauvaise idée, fit-il en se vautrant sur le plumard.

Il lui tendit les clés et les papiers de la 203 et se replongea dans la lecture des bouquins de montagne prêtés par Marie-Rose.

On lui porta les biscottes et il les jeta au centre de la pièce. Les choucas se précipitèrent dessus. Ils se chargeaient d'enlever le papier.

— Quel gâchis ! Quel affreux gâchis…, dit Victorine.

Georges lisait en silence.

— … vandales, dit-elle encore.

Georges ne l'entendait plus. Il relisait les passages du livre de Lionel Terray, *Les Conquérants de l'inutile*. C'était l'ouvrage le plus complet ; Georges le préférait à tous. Terray avait grandi en même temps que l'alpinisme moderne et il avait été incorporé à tous les groupements et institutions de haute montagne, dès le début. Il savait vraiment de quoi il parlait et ça plaisait à Georges.

Dans le livre de Terray, il avait l'impression d'apprendre la montagne, d'y être guidé. Les grandes tragédies de l'Eiger et de l'Annapurna y étaient impartialement retracées. Et Lionel, montagnard et guide dans le plus profond sens de ces mots, dénudait une vie, la sienne, pleine d'orgueil et de simplicité, de courage et de peur.

Georges relut encore la phrase du retour de l'Annapurna d'où Maurice Herzog et Louis Lachenal étaient revenus mutilés. Sans y avoir pensé, Lionel y résumait son livre. « Dans un affreux mélange de douleur et de joie, d'héroïsme et de bassesse, de soleil et de boue, de grandeur et de mesquinerie, nous sommes lentement redescendus sur la terre. »

Les choucas vinrent picorer la main de Georges. Il ferma le livre. Victorine n'était plus là et il ne l'avait pas entendue sortir. Il consulta sa montre. Elle reviendrait avec Charles d'ici une petite heure.

Il enferma les choucas dans la salle de bains et descendit au Bivouac. Il espérait que Juliette lui montrerait un nouveau déguisement ou qu'une autre fille l'hébergerait pour la nuit.

Il ne tenait pas à contempler la bobine décomposée de Charles avant le lendemain matin. Et de préférence à la fin de la matinée.

14

Ce fut assez rapide. Charles s'était pointé avec des textes de lois qui n'offraient aucune possibilité d'accepter le fric de Claudine.

Pour le nabot c'était un comble. Il trépignait. Il alignait les chiffres, salivait et, dans sa rage, il commit la bévue de proposer vingt millions d'anciens francs à Claudine pour qu'elle accepte de fournir une preuve, de préférence écrite, du suicide de son frère. Cette combinaison économisait soixante millions d'anciens francs à la compagnie.

Claudine Saffre refusa en regrettant de ne pas avoir une fiole d'acide sous la main pour la flanquer à la figure d'un Charles qui s'enfuit sans demander son reste.

— Oh ! mais je vais le lui envoyer, son chèque, à cette dame ! déclara-t-il à Georges et à Victorine. Elle le recevra en totalité, comme une gifle. Pour quoi prend-elle la Fondation ? Pour des mendiants ? Des gagne-petit ? Nous savons perdre ! Charles Longwy sait perdre et il l'a déjà prouvé !

Il arpentait la pièce dans une attitude napoléonienne. Victorine voyait disparaître, à travers les gesticulations de Charles, le fric de la commission. Georges faisait simplement acte de présence.

— Il n'y a plus qu'à plier bagages, dit Victorine.

Un rideau de pluie réduisait la visibilité à zéro. La lourde averse tombait toute droite. De la bonne rincette ininterrompue. Georges pensa que les campeurs ne devaient pas ramener leur fraise.

— J'ai des bouquins à rendre à des amis et je suis à vous, dit Georges.

Il en fit une pile, qu'il attacha avec une ceinture, et il grimpa dans sa bagnole. La brume et les nuages descendaient au ras des premiers sapins. On n'imaginait même pas qu'une montagne puisse se dresser derrière.

Des hommes se groupaient sous la pluie devant le chalet de Marie-Rose. Sous leurs cagoules imperméables, ils ressemblaient à des moines.

Georges apprit en deux secondes que Cauder et la Farine n'étaient pas redescendus de la face nord des Grandes Jorasses[1]. Une vraie vacherie, dont la Farine avait dit simplement :

— On va aller la tâter, cette grande salope.

Il est d'ailleurs évident que certains alpinistes grimpent comme ils font l'amour, ou comme ils en auraient envie.

Georges tomba au centre de l'organisation des premiers secours. À l'intérieur de la maison de poupée, des amis fidèles préparaient les sacs. Le Ménestrel dirigeait. Il espérait que la cordée était sagement redescendue dès l'arrivée du mauvais temps et qu'ils la rencontreraient en chemin. On leur portait des vivres et des vêtements secs.

Face à la figure de catastrophe de Marie-Rose, Georges avait honte de sa propre inutilité.

---

1. Paroi verticale située à l'extrémité de la mer de Glace. Cette paroi s'élève d'un jet de 1 200 mètres, de 3 000 à 4 207 mètres d'altitude.

Mais il s'avéra soudain qu'il était le seul de toute la bande à avoir le téléphone.

— Ne bouge pas de ton hôtel et on te téléphonera du Montenvers et du Couvercle, lui dit Ménès. Et si c'est grave tu déclencheras les secours officiels ; ils ont beaucoup plus de moyens que nous.

Georges acquiesça.

— Et tu feras gaffe, dit quelqu'un. Tu leur racontes simplement que t'as entendu dire qu'y avait des types en perdition. Tu leur diras pas que c'est des potes à toi ni que c'est toi qui demandes des secours.

— Mais pourquoi ? fit Georges naïvement.

— Parce que si tu te mets en avant, tu s'ras le responsable officiel. Alors, en cas de coup dur, c'est toi qui recevras l'ardoise.

— Mais si je ne précise rien, ils ne me croiront pas ! dit Georges.

— Y sont obligés de contrôler. Ça serait trop grave si c'était vrai. Tu piges ? Et toi, tu rends service et y a aucune raison pour que tu payes.

— Alors c'est payant, leur truc ? fit Georges.

Personne ne lui répondit. Ils partaient, sac au dos. Et Marie Rose avait le gosier enrayé.

— Je viendrai te donner des nouvelles. Ne t'en fais pas, lui dit Georges.

Il était clair qu'elle les voyait morts. Georges rentra à l'Hôtel de Paris et avertit la téléphoniste qu'il ne bougerait pas et qu'il attendait un appel d'urgence.

— Je ne pars plus. Je sers de relais téléphonique, dit-il à Victorine et à Charles.

Il s'expliqua.

— Tu ne vas pas être assez fou pour monter là-haut ? s'affola Victorine.

— C'est pas un boulevard, ricana Georges.

Charles méditait dans son coin.

— Pendant ce temps vous découvrirez peut-être quelque chose de nouveau au sujet de votre affaire, dit-il.

L'espoir était chevillé au corps de l'homme.

— Pourquoi pas ? fit Georges qui pensait que Cauder et la Farine ne claboteraient qu'en vendant chèrement leur peau.

— Moi, je reste ! décida Victorine.

Charles prétendit que l'altitude lui donnait des angoisses et qu'il les attendrait à Paris.

Trois heures plus tard Georges reçut un appel du refuge du Couvercle. C'était Kollop.

— On a rencontré deux Américains sur la mer de Glace. Ils redescendaient des Jorasses. Ils disent qu'ils ont passé une nuit dans la tempête sur la paroi, qu'ils sont redescendus dans la panique et que Cauder et la Farine bivouaquaient au-dessus et qu'ils appelaient au secours. Ils sont à la hauteur des dalles noires. Y faut que tu déclenches le gros tam immédiatement.

— C'est quoi, le gros tam ? demanda Georges d'une voix blanche.

— Des caïds. Les Jorasses dans la tempête, c'est pas de la nougatine. Je crois que Terray est dans les Andes, ça fait un peu loin… Mais fonce à l'ENSA et demande à Desmaison. Allez, fonce !… Nous, on reste là-haut.

Victorine vit sortir son Nounours comme un boulet de canon. Le super-guidos déjeunait paisiblement avec des amis à l'Hôtel du Brévent, proche de l'ENSA.

— Cauder et la Farine appellent au secours dans les dalles noires, débita Georges.

René Desmaison reconnut Georges. Il écouta la nouvelle d'une oreille médicale. Il posa sa fourchette, se leva, décrocha un vêtement et sortit. Georges, haletant, le suivit. Ils montèrent dans la 203 et retournèrent à l'ENSA.

— Je vais y aller, dit simplement le guidos.

— Merci pour eux, fit Georges en s'alignant sur la même simplicité.

— C'est pas de l'héroïsme, tu sais. On est justement de permanence de sauvetage. Je suppose que tu es décidé à demander officiellement les secours ?

— Oui, oui, je signerai tout ce qu'il faudra, dit Georges, qui se refusait à ergoter devant l'homme qui allait risquer ses os dans cette galère.

Et tout s'organisa. Le gros tam, comme disait Kollop. Un camp installé au pied de la paroi, des relations par radio, des reconnaissances par hélicoptères.

Cauder et la Farine semblaient immobilisés sur une plate-forme minuscule, environnés du verglas déposé par la tempête.

René Desmaison attaqua, en tête d'une cordée de professionnels. Ça n'allait pas vite. Il fallait équiper la paroi en vue de redescendre les sinistrés.

De Cauder et de la Farine, un seul bougeait et on ne savait lequel. On pensait que l'autre était mort ou gravement blessé.

Les journalistes rôdaient en hélico. Il y avait le jovial Charlet, Philippe Gaussot et Géry. Ça revenait à dire que les rotatives du *Progrès*, du *Dauphiné*, de *France-soir* et de *Match* allaient usiner sur ce carnage.

Et Georges prit soudain contact avec le panier de crabes de la vallée.

Le directeur de l'ENSA n'avait soi-disant déclenché le gros tam que dans un espoir publicitaire pour sa pomme ;

… des types du COB trouvaient qu'en passant par le haut, on y serait déjà ;

… quelqu'un pria Georges de leur fréter un hélico pour descendre au bout d'un câble et attraper les prisonniers au passage ;

… que sinon ils étaient foutus ;

… un ténébreux barbu raconta à Georges que Vincendon et Henry étaient morts à cause de tactiques contradictoires et de cabotinage caractérisé ;

… que c'était une honte de payer des secours à des fonctionnaires de l'ENSA déjà payés par l'État ;

… que les vieux guidos de la vallée avaient illustré, jadis, une meilleure mentalité ;

… que c'était une honte de partir sans guide et de les obliger ensuite à venir vous chercher ;

… que la montagne sans guide devrait être interdite ;

… que les sans-guide disaient merde à tous les guides, vu que sans l'impulsion des amateurs célèbres du siècle dernier, y a pas un paysan de la vallée qui se serait aventuré en haute montagne.

Georges se boucha les oreilles.

— Faut pas t'en faire, dit Géry. C'est chaque fois le même cirque. On l'appelle la confrontation des individualités.

Cependant, un jeune guide suisse fut le seul à dire à Georges un truc positif :

— Ils ne bougent plus parce qu'ils sont mouillés. Dès qu'ils seront secs ils repartiront.

Ce qu'ils firent, à la stupeur générale, dès l'apparition d'un rayon de soleil. Philippe Gaussot se fendit la pêche en publiant que « les sauvés s'enfuyaient devant leurs sauveteurs ».

Géry débraya. Ça tournait à la rigolade. Ce n'était plus pour son canard.

René Desmaison fut rappelé. Il avait passé une nuit dans la paroi. Il préférait que Cauder et la Farine puissent progresser de nouveau vers le sommet. Il avait fait pour le mieux et ça se bornait là.

Un hélico déposa des types au sommet par mesure de sécurité.

Cauder et la Farine sortirent enfin. Et le bruit courut qu'ils n'avaient pas réclamé de secours et que la cordée américaine s'était gourée, abusée par le vent et l'ambiance tragique de la tempête.

— Je vais être obligé de m'asseoir sur l'addition, dit Georges à Victorine.

— Je croyais que tous ces montagnards étaient des saints ! s'écria-t-elle.

— C'est possible, mais ils sont fauchés, répondit Georges.

— Et les impôts ? On paye des impôts, sapristi ! Qu'est-ce qu'ils en foutent ?...

— Ils construisent des autoroutes à péage, répondit Georges.

— Et c'est cher, un petit sauvetage ? demanda-t-elle, soudain réaliste.

— Un petit, non... mais un gros, ça doit mouiller dur.

— Tu avais bien besoin de te fourrer dans ce piège ! Et moi, j'aurais mieux fait d'envoyer Charles au bain, le jour où il m'a suppliée de m'occuper de ce dossier ! se lamenta Victorine.

Marie-Rose, stoïque, parlait de vendre son chalet pour payer. On rechercha les deux Ricains qui avaient prétendu que Cauder et la Farine appelaient au secours. Mais ils s'étaient barrés. Par ailleurs on ne pouvait mettre en doute la parole de Cauder et de la Farine.

Ils arrivèrent d'Italie par le télé. Ils étaient heureux de vivre.

— Si on ne paye pas, l'ENSA aura des ennuis, et après ils attendront le dernier moment pour envoyer des équipes de secours, pleurnicha Marie-Rose.

Dans l'alpinisme moderne, les secours à titre préventif n'existaient pas encore. Pour démarrer on attendait le dernier carat, la minute du rictus et de la paupière en rideau de fer.

— On n'a rien demandé et on s'en est tirés tout seuls, mais on était bien contents de sentir qu'on s'occupait de nous, déclara Cauder pour résumer la situation.

Fidèle à son style, la Farine demeura muet comme une motte de beurre.

L'ardoise s'élevait à six mille nouveaux francs.

Après discussion, le service responsable reconnut que quatre mille francs étaient suffisants. Un abattement qui ressemblait à celui d'un marchand de tapis à la terrasse d'un bistrot.

Finalement Cauder paya une part. La Farine était économiquement faible. Insolvable comme on dit. L'aventure rendit l'âme.

Le soleil brillait. Les campeurs étendaient leurs oripeaux. Victorine et Georges quittèrent la vallée. Ils tournaient la page. Georges emportait ses choucas dans leur cage.

À l'occasion du dernier coup de chien, il avait appris que la Farine s'appelait Jacky Batkin. Un chouette blase. Et qu'à une certaine époque, il portait des sacs de farine pour gagner son croûton.

Bien qu'alourdi d'un échec dans son boulot, Georges sifflotait en conduisant.

— Tu trouves qu'il y a de quoi se réjouir !... jeta Victorine.

— Ouais, fit Georges.

Il emportait l'impression de s'être enrichi. Et il la garda pour lui.

Paris désert. Paris du mois d'août. Charme indéfinissable des rencontres. De ceux qui sont restés seuls et qui songent, un instant, à se refabriquer une autre existence, à foutre le camp avec des gens nouveaux.

Georges devait une visite à Charles. Il le trouva au siège social de la compagnie.

Le chèque de huit cent mille nouveaux francs était signé. Il se détachait, petit rectangle, sur le bureau. La pièce, tartinée de cuir, était d'un luxe extravagant.

— Les membres de votre conseil n'ont pas trop hurlé ? demanda Georges pour la forme.

Charles fit, de la main, couci-couça. Il ne lui restait plus qu'à glisser le chèque dans une enveloppe et à l'expédier à la succession.

— Vous savez que je n'ai jamais pu vous sentir, dit Georges. Ce qui ne m'empêche pas d'être franchement navré pour vous de cet échec.

— Merci. Et... à ce sujet, je tiens à couvrir votre note de frais.

— Pas question, refusa Georges. J'ai trop prisé l'ambiance hors série de là-bas pour vous faire cigler l'hôtel.

— Vous savez, au point où j'en suis, un peu plus, un peu moins...

— N'insistez pas, vous me vexeriez, dit Georges.

Charles se leva et marcha le long du mur en laissant traîner sa main sur le cuir et la boiserie, ce qui témoignait de son hésitation et de l'importance du prochain obstacle.

— Vous me méprisez à cause de votre mère et je trouve que vous avez diablement tort, affirma Charles d'une seule traite.

Il vrilla ses petits yeux sur Georges. C'était la première fois qu'ils ne se parlaient pas d'argent.

— Allez-y. Videz votre sac, dit Georges.

— J'avais reculé le moment. J'attendais la réponse de votre mère. Il y a des années que je crève d'envie de l'épouser.

— Vous n'êtes pas le seul, ricana Georges, et la pauvre grimace de Charles lui fit regretter sa phrase.

— Et vis-à-vis de vous, je me suis conduit comme un imbécile. Il y a belle lurette que vous devriez savoir que votre mère et moi, nous ne sommes que des... (Le mot était dur à sortir.)... camarades. Et vous n'auriez pas eu ce sentiment de jalousie. Un fils place toujours sa mère sur un piédestal.

— Pas moi, fit Georges. Je l'aime comme elle est.

— C'est vous qui le dites... et puis je sais que vous adorez votre père.

— C'est un brave type, dit Georges.

— Maintenant que j'ai perdu l'espoir de devenir votre beau-père, est-ce que vous m'en voulez toujours autant ?

Georges n'eut pas le courage de lui dire que ça ne changeait rien, qu'à la vérité il n'avait aucune raison valable de lui en vouloir, en dehors du fait que sa bobine ne lui revenait pas.

— Si un jour Victorine vous traîne à la mairie, ça me fera plaisir, dit Georges.

— Hein ?... Hein ?... répéta Charles.

— Ce qui est bon pour elle sera toujours bon pour moi, assura Georges.

Le nabot lui serra les mains avec effusion. Il transpirait et Georges s'en tira en lui tapant sur l'épaule.

— Revenez me voir. On bavardera, dit Charles.

— C'est ça, fit Georges.

Une ondée avait rafraîchi la ville. Le macadam séchait à vue d'œil, en larges plaques. Georges descendit à pied l'avenue Marigny. Il y avait moins de flics aux abords de l'Élysée. Congés payés pour tout le monde.

Georges pensait que l'homme capable de faire de Victorine sa petite chose serait un énergumène tenant du prestidigitateur et du troubadour, teinté de dynastie capétienne.

C'était un jeudi. Son père ouvrait son stand les samedi, dimanche et jeudi à deux pas de là, avenue Gabriel. Il ne partait jamais en vacances. Il s'offrait des voyages assis sur son pliant, et son œil doux caressait ses timbres.

Il s'étonna de voir son fils à Paris en cette saison.

— J'arrive, mais je vais repartir, dit Georges.

— Avec ta mère ?

172

— Je ne crois pas. Elle va foncer à Saint-Tropez, et j'ai envie d'un coin plus tranquille et plus au sud.

Son pater lui montra un timbre mauve représentant les îles Égates, à l'extrémité de la Sicile. Georges allait lui répondre lorsque la vue de Monique Sedif lui coupa le sifflet.

La jeune femme traversait les jardins en diagonale. Elle passerait entre le dernier stand philatélique et le Marigny. Elle se dirigeait vers l'Élysée.

Securit père se vit brusquement abandonné au profit d'une robe de toile bleu pervenche, de tout ce qu'il y avait à l'intérieur, et des jambes spirituelles qui en dépassaient.

Georges venait d'obéir à une impulsion et il suivait Monique à distance respectable, avec les battements de cœur d'un collégien ancienne formule. Parce que, ceux de la nouvelle, c'est la symphonie du mépris, l'attendrissement à coups de ceinturon…

Monique rejoignit la rue du Faubourg-Saint-Honoré et obliqua à droite. Elle passa devant le portail de l'Élysée. Une voiture le franchit et Monique ne se priva pas pour jeter un coup d'œil dans la cour d'honneur. Plus loin, Monique enfila une rue étroite. Elle parcourut rapidement une cinquantaine de mètres et s'arrêta. Georges se jeta dans le couloir d'un immeuble. Monique revint sur ses pas, reprit la rue du Faubourg-Saint-Honoré et repassa devant l'Élysée.

Elle marchait moins vite, tout en donnant l'impression de savoir où elle allait. Elle consulta sa montre à plusieurs reprises et finit par pénétrer dans un bar.

La filature étant pour Georges ce que l'eau est au poisson, il s'orienta pour voir Monique acheter un jeton de téléphone et il se paya le culot de descendre aux toilettes. La cabine téléphonique et les w.-c. étaient mitoyens. Georges colla son oreille contre la paroi dégueulasse et n'entendit pas une broque de conversation.

Depuis qu'il suivait Monique, son émotion égalait celle des grands jours, lorsqu'une affaire touche à sa fin et que le gibier marche vers le piège. Ce qui pourtant ne lui semblait pas être le cas.

Il sortit le premier et se planqua dans un immeuble d'en face. Il roula son mouchoir en boule et tamponna sa nuque en sueur.

Monique ne réapparut qu'une demi-heure plus tard. Elle marchait en balançant son sac. Le pas de promenade. Des hommes se retournèrent. Ils la prenaient sans doute pour une occasionnelle.

Elle traversa le rond-point des Champs-Élysées et s'engagea avenue Montaigne. Les espaces vides contraignaient Georges à la suivre d'assez loin. Les arbres de l'avenue lui permirent de se rapprocher.

Lorsque Monique pénétra sous un porche immense, il pensa qu'elle travaillait chez un grossium. Et lui, bonne pomme, il suivait une soubrette désœuvrée pendant son jour de sortie...

La voûte de l'immeuble débouchait sur une grande cour. Quelques bagnoles y étaient parquées.

D'autres immeubles donnaient sur la cour. Georges arriva pile pour entrevoir Monique. Elle disparaissait sous la voûte plus petite de l'immeuble du fond.

Un break 404 était garé sous ce porche. Georges en fit le tour. Il n'était plus qu'à cinq ou six mètres de Monique. Elle poussa une porte vitrée et ouvrit une porte pleine munie d'une poignée qu'elle referma sur elle.

Georges compta jusqu'à douze et ouvrit la porte. Un escalier s'enfonçait vers le sous-sol. Il y avait de la lumière. Georges pensa qu'il devait communiquer avec une cour en contrebas et sans doute les logements des gens de maison.

L'escalier était court. Georges parvint dans un couloir. Sur une porte à claire-voie il lut *Chaufferie.*

174

Cette passionnante lecture se ponctua d'un coup de matraque d'une technique excellente. Tout dans le poignet. Georges, le crâne éparpillé en myriades de loupiotes, glissa mollement entre les bras de deux solides gaillards qui le remontèrent presto au rez-de-chaussée, le jetèrent au fond de la 404, le recouvrirent de sacs, d'une vieille caisse et d'une roue de secours et démarrèrent sans plus attendre. Monique était assise entre les deux hommes.

15

La douleur prenait Georges derrière les yeux, à croire qu'ils allaient jaillir de sa tête. Il les ouvrit et les referma immédiatement. Il n'avait rien vu. La hantise d'être aveugle remontait à une peur de jeunesse. Il y avait une saveur fade au fond de son gosier. Il rouvrit les yeux. Noir absolu. Il aspira de l'air. Ça puait la naphtaline.

Georges se mit à quatre pattes. Le sol était en ciment. Il se déplaça lentement. Et le noir vira au gris.

Il était dans une pièce exiguë. Il se dressa contre la porte. Sa tête rasait le plafond.

La porte s'ouvrit et la violente lumière du jour le fit reculer. Une main l'empoigna et le tira à l'extérieur. Il était dans un vestibule. Il comprit que son cachot se situait sous un escalier. Il distingua un arbre à travers une haute fenêtre. Il reçut une poussée dans le dos, qui l'incita à pénétrer dans une salle à manger.

Le mobilier Henri II eût horrifié Victorine. Mais Georges préféra se concentrer sur un homme au profil aquilin et à la chevelure blanche. Georges pensa qu'à cet âge on devait être raisonnable. Réno avait pensé la même chose.

— Veuillez vous asseoir, dit Linder.

La table était recouverte d'un dessus de table en velours râpé, avec des franges et des pompons. Deux types gardaient la porte. Georges porta la main à son crâne bosselé.

— Je sais qui vous êtes, dit Linder en posant la main sur le portefeuille de Georges. Mais je ne sais pas pourquoi vous suiviez mon amie.

— C'est… c'est votre amie ?… fit Georges.

— Oui. Pourquoi ? Ça vous paraît anormal ?

— Non, non. Elle est charmante, avoua Georges qui recouvrait ses esprits.

— Vous vous sentiez seul à Paris et vous draguiez ? C'est ça ? Rassurez-vous, je ne suis pas jaloux.

— Vos méthodes de convocation se hissent, en effet, au-dessus de la jalousie, dit Georges.

— Et que pensez-vous de cette convocation, comme vous dites ?

— Je pense qu'il s'agit d'un malentendu.

— Pourquoi ?

— Parce que je n'en veux à personne. Savez-vous où j'ai rencontré votre amie pour la première fois ?

— Elle travaillait chez M. Jean Réno, répondit Linder.

— Voilà. Et je cherche à interroger tous les gens qui ont approché Réno avant son accident.

— Pourquoi ?

— Pour établir son suicide. J'ai la conviction intime qu'il s'est suicidé.

— Une crise de neurasthénie ?

— Ou un sacrifice.

— Et vous comptiez sur son ancienne femme de chambre pour vous fournir cette preuve ?

— J'essaye. À la vérité, cette affaire est close. Mon client a déjà payé la famille.

— Et ça ne vous suffit pas ?

— Ça me suffisait. Et le hasard a placé votre amie sur ma route.

— Je crains qu'elle ne vous soit d'aucune utilité.

— Réno lui avait rendu un service personnel. Ainsi qu'à un autre rapatrié d'Algérie, précisa Georges.

Linder se leva et s'accouda au buffet. Georges remarqua le dossier d'une chaise rafistolé avec de la ficelle. Le corps long et sec de Linder apparaissait entièrement.

— Il est déjà suffisamment humiliant d'être obligé de se placer comme domestique et nous désirons l'oublier le plus vite possible, dit Linder d'une voix tranchante. Les gens qui perdent tout du jour au lendemain deviennent des larves ou des esprits très susceptibles, ajouta-t-il.

— Je suppose que vous êtes dans ce dernier cas, dit Georges en palpant sa bosse.

Linder acquiesça et sourit. Georges trouva qu'il avait du charme.

— Loin de moi la pensée de vous humilier, dit Georges sérieusement. Je ne comprends rien à la politique, mais je trouve que c'est duraille de repartir à zéro.

— Moi non plus, je ne comprends plus rien à la politique, dit Linder.

Il se demandait s'il devait faire tuer ce jeune privé. Il le regarda. Il n'arrivait pas à le juger, à définir s'il était dangereux ou pas.

— Et vous, vous n'auriez pas une petite idée sur la mort de Réno ? Je veux dire sur ce suicide ? demanda Georges.

Linder secoua lentement la tête de gauche à droite.

— Quand un homme est mort, il est bien mort. De savoir comment n'y change rien, répondit Linder.

— Vous avez sans doute raison, dit Georges. Veuillez m'excuser auprès de votre amie pour cette filature.

« Je vais réfléchir jusqu'à demain, pensa Linder. Savoir si on le descend ou pas. »

— Est-ce que je peux rentrer chez moi ? Ma mère est d'un naturel inquiet...

Linder pivota sur lui-même et quitta la pièce sans répondre.

Quelques secondes plus tard, Georges se retrouva sous son escalier. Il s'assit sur le sol, le dos à la porte. Il bâilla pour se décontracter, mais le cœur n'y était pas. Une voix lui disait que la mort se présentait toujours sous la forme la plus anodine et la plus stupide. Il aurait pu ne pas venir voir son père, ou bien se pencher davantage sur ses timbres, ou bien arriver plus tard ou plus tôt. Monique aurait pu se balader ailleurs, etc., à l'infini.

Le temps s'éternisait. Il essaya de revivre son entretien avec le type. Il se félicita de ne pas s'être montré trop curieux, de ne pas avoir posé les questions : « Que faisiez-vous en Algérie ? Aviez-vous un commerce ? Pourquoi vos amis ont-ils quitté le service de Réno ? Et, au fait, pourquoi les avait-il véritablement engagés ? »

Cette question résonnait comme un glas. « Qu'y a-t-il là-dessous ? pensa Georges. Et même si je prouvais que ces gens connaissaient intimement Réno, qu'est-ce que ça changerait ? »

Georges isola la question. Il tenait le problème. Un frisson lui colla les oreilles contre le crâne. Si le fait de relier ces gens avec Réno changeait les facteurs, ces gens devaient le savoir aussi et ils ne feraient pas de sentiment. Personne ne savait que Georges était là. Une balle dans la tête et un coin de jardin... Du travail sur mesure.

Georges appuya son front sur ses genoux et élimina les solutions avec la précision d'une machine électronique. Mais pourquoi l'amitié ou l'inimitié de ces gens avec feu Réno prouverait-elle qu'il s'était suicidé ?

C'est le Dru et ce Jacques Balmat qui possèdent la clé. Ils étaient là pour *voir*. Une fois encore, Georges comprenait que la montagne se jouait de tous les raisonnements. Il n'y avait aucune différence entre un homme qui poussait un bloc et se jetait à sa suite et un bloc qui tombait d'abord en entraînant l'homme. Tout faisait corps, roulait ensemble. Et un témoin placé à trois mètres ne saurait rien démêler de cette soudaineté, de cet amalgame.

Georges se redressa et frappa à la porte. Personne ne lui répondit. Il frappa à coups de pied.

Il voulait revoir le type et l'assurer qu'il s'en foutait, qu'il arrêtait l'enquête, que le passé le plus rocambolesque de Réno ne prouverait rien de définitif.

Georges frappa et appela jusqu'à l'épuisement. Personne ne lui répondit. À la longue il s'écroula et s'endormit, replié sur lui-même comme un fœtus.

La torture de la soif l'éveilla. La naphtaline et la poussiéreuse sécheresse du lieu emplissaient sa bouche de coton. Il s'agenouilla. Il avait perdu la notion du temps.

La porte s'ouvrit. La lumière électrique brillait dans le vestibule. La haute fenêtre se découpait sur la nuit.

Georges fut invité à sortir du trou. Il reconnut les deux types de la veille, flanqués d'un plus jeune. Il conservait une main dans sa poche et Georges ne quitta plus cette poche des yeux. La jeunesse avait la gâchette légère.

— J'ai soif, dit Georges.

— Il n'y en a plus pour longtemps, dit le jeune.

— Il faut absolument que je parle à l'homme aux cheveux blancs, dit Georges.

— Il n'a plus le temps, dit le jeune.

Il avait l'air de s'ennuyer. Les autres coiffèrent Georges d'un capuchon retenu à son cou par un lacet et lui attachèrent les mains derrière le dos avec des menottes.

Ils le prirent chacun par un bras et le guidèrent. Noir absolu. Georges sentait que le jeune marchait sur ses talons. Chaque fois qu'ils s'arrêtaient, Georges arrondissait le dos. Il aurait préféré mourir de face.

Ils le couchèrent au fond du break 404 et le recouvrirent d'un tas de saloperies en le priant de ne pas bouger. Et la voiture démarra.

Georges pensa à la ribambelle de flics et de barrages qu'on rencontrait sur les routes et qu'on maudissait. « Bon Dieu, si seulement il pouvait y en avoir mille fois plus ! » se dit-il.

Comme la voiture s'arrêtait, il se risqua à remuer. On ne savait jamais. Un flic ou quelqu'un pouvait regarder juste à ce moment.

Il reçut un coup dans les reins et poussa un gémissement.

Après une randonnée interminable, ils le dégagèrent et lui enlevèrent le capuchon et les menottes. Ils étaient sur une petite route au niveau des champs. Le jeune était au volant. Les autres firent descendre Georges et le placèrent, de dos, dans la lumière des phares.

— Avance sans te retourner, dit le jeune.

Georges obéit. Les phares puissants éclairaient loin. La campagne n'en paraissait que plus sombre. Georges marchait au centre de la route. Il entendit ronfler le moteur. Autour de lui la campagne déserte ressemblait à un terrain d'aviation. Une route partait à gauche et se perdait dans l'univers plat.

Georges ne pouvait que marcher tout droit et essayer de se jeter sur le côté dès que la bagnole voudrait l'écrabouiller.

Elle roulait. Elle s'approchait. Georges banda ses muscles et, soudain, la lumière le lâcha. La voiture venait de tourner à gauche. Georges s'immobilisa dans la nuit. Les jambes molles, il regarda disparaître la traînée lumineuse.

La température était douce. En se fouillant, il eut la surprise de trouver son portefeuille. Ils avaient dû le lui glisser dans la poche avant de quitter la maison.

Il respira longuement et reprit sa marche. Il eut bientôt les pieds en tranches de melon. Il s'assit sur une borne kilométrique : il était dans la Brie, à huit kilomètres de Melun. Il décida d'attendre le jour pour faire du stop. Il essaya de réfléchir à toute cette salade. Mais il était tellement pompé qu'il ne pouvait plus aligner deux idées l'une à la suite de l'autre.

16

Les Saffre habitaient à un kilomètre de Sainte-
Maxime. La maison comprenait des chambres véni-
tiennes qui s'ouvraient sur une piscine et un secteur
espagnol avec la salle à manger d'été qui donnait sur
une centaine de mètres de plage privée.

Éliane poursuivait donc son existence de jeune fille
pauvre, allongée sur le ventre, les fesses humides de
son dernier bain. Quelques invités lui faisaient la cour.
Sa mère revenait du ski nautique et son paternel amar-
rait le cris-craft.

— Bonjour, dit Georges.

Elle daigna lever la tête.

— Tiens... M. Sécotine, dit-elle.

— Je suis venu admirer votre cellulite, dit-il en la
détaillant.

— Les raisins sont trop verts !

— Ne vous affolez pas. Avec votre fric, un de ces
beaux jeunes gens finira bien par vous épouser, dit
Georges en regardant l'entourage.

L'angora ronronnait près de sa maîtresse. Georges fit
mine de le prendre et de le balancer dans la piscine.
Éliane sursauta. Georges reposa l'animal en souriant et

rejoignit Claudine. Ses jambes s'échappaient d'un peignoir très court. Avec leurs jambes, les femmes donnaient le change le plus longtemps possible.

— C'est gentil de nous rendre visite. Vous passez vos vacances dans le Midi ? demanda-t-elle, toute gracieuse.

Il garda la main qu'elle lui tendait et la porta jusqu'à sa bosse. On lui avait coupé les cheveux pour soigner la plaie.

— C'est en suivant votre ancienne femme de chambre. J'ai failli y laisser ma peau...

Elle fronça le sourcil et le conduisit dans la pièce la plus proche. Il lui raconta tout.

— Nous avons reçu le chèque de la compagnie d'assurances, annonça-t-elle ne sachant trop que dire.

— C'est presque une autre histoire, coupa Georges.

— Qu'attendez-vous de moi ?

— L'état civil de cette femme et du chauffeur.

— L'avez-vous rencontré, lui aussi ?

— Non, mais raison de plus. S'il travaille, je le retrouverai facilement.

Claudine réfléchissait.

— Vous refusez ? demanda Georges un peu durement.

— Pas le moins du monde.

Elle le pria d'attendre. Un quart d'heure plus tard le larbin décharné lui remit une enveloppe.

— Madame s'excuse et m'a chargé de reconduire Monsieur.

Georges lisait en suivant le valet : Monique Sedif, Paul Sedif, les numéros de la Sécurité sociale, l'adresse du Centre des rapatriés à Marseille...

Il sortit sans accorder un regard à Éliane, qui s'était d'ailleurs ostensiblement détournée.

Il téléphona de la poste de Sainte-Maxime. Le Centre de Marseille lui demanda de rappeler dans une heure. Il attendit et rappela. Monique et Paul figuraient sur les listes du Centre. Ils étaient officiellement rapatriés depuis six mois. Il y avait même un Louis Sedif. Georges nota.

L'employé confirma qu'ils n'avaient laissé aucune adresse. Que le cas était fréquent. Qu'il conseillait vivement les amis et parents des rapatriés de s'adresser à « la recherche dans l'intérêt des familles »...

Georges téléphona à la Sécurité sociale. Il y connaissait un chef de district de permanence. Rien. Aucun signe que les Sedif travaillaient en ce moment. Le Louis n'était pas à la Sécurité. Quant aux deux autres, ils n'avaient turbiné que pour Réno.

Georges quitta la poste. Sa chemise se collait à son échine. Il pénétra dans une pharmacie et absorba de l'aspirine.

Il remonta dans sa 203 et reprit machinalement la route de Paris. Il ne s'arrêta que pour prendre de l'essence.

Son travail habituel le mettait souvent en rapport avec des flics de la brigade des meublés, pensions de famille et loyers tout court. Ils épluchèrent leurs fichiers. Aucune trace des Sedif.

Georges eut beau croiser dans le secteur de son enlèvement, visiter et revisiter la cave, la cour et les voûtes, il demeura au point zéro. Sa mère ignorait tout de sa récente aventure. Elle croyait qu'il était tombé dans les escaliers après une bringue. Elle était chez des amis à Saint-Tropez.

Georges, seul à Paris, vivait en bohème dans un inextricable désordre. Les choucas trouvaient la maison à leur goût.

Les jours se succédèrent. Les automobilistes recommencèrent à s'insulter dans les encombrements et les autres à s'arracher les boutons dans le métro et dans les bus.

Victorine, toute bronzée, se passionnait pour un nouveau dossier : un père amoureux de la femme de son fils, qui cherchait à coincer le fils pour que sa femme l'abandonne. Et ensuite le bon papa espérait consoler l'épouse. Victorine lui ponctionnait un maximum de fric.

Georges ne touchait à cette affaire que du bout des doigts.

— Tu manques d'entrain, disait Victorine. Je t'assure que cette fille sera plus heureuse avec le père. Ce fils est un dépravé et il est physiquement beaucoup moins bien que le père.

— Et puis c'est lui qui paye, dit Georges.

Victorine râlait périodiquement contre les choucas que ça n'intimidait plus. Ils avaient filé des coups de bec à Paulette qui les avait traîtreusement frappés. Elle avait donc, une fois de plus, donné ses huit jours.

Georges roupillait mal. Il voyait des alpinistes basculer en arrière et il hurlait avec eux dans son cauchemar. Ronde infernale et colorée de toutes les tragédies qu'il avait lues : le cadavre pendu au bout de sa corde pendant deux ans sur la face nord de l'Eiger, les aubergistes qui augmentaient le prix de la location du télescope, Pierre Mazeaud attaché toute une nuit avec un mort, Kohlmann dont le sonotone attirait la foudre, Kohlmann fou et les étincelles qui jaillissaient de ses oreilles, la lente agonie de Vincentdon et Henry...

Des grondements d'avalanche réveillaient Georges. Il sursautait en gigotant et ce n'était que le bruit des poubelles vides secouées par les boueux. Les filles se plaignaient d'être rouées de coups pendant la nuit.

Georges rendait souvent visite à Cauderlier dans son petit magasin de la rue Saint-Placide. Il y rencontrait d'autres alpinistes. On rigolait. On parlait de la saison prochaine. Il y avait la grande photo des Jorasses. Cauder avait déjà oublié qu'il revenait de loin. Il parlait d'aller à l'Eiger : l'ogre, ce bouffeur de téméraires.

Georges passa quelques dimanches avec eux sur les rochers de Fontainebleau.

— Je parie que tu penses toujours à Réno ? lui dit Cauder.

Georges acquiesça. Il ne pouvait s'en détacher. Il avait écrit toute l'histoire et il la relisait, y ajoutant sans cesse des détails. Il en était plein à ras bord, de cette histoire.

L'hiver. Noël. L'an 1963 se présenta et chaque terrien le reçut comme une année de plus sur les endosses.

René Desmaison et la Farine réussirent l'ascension hivernale de la face nord des Grandes Jorasses par l'éperon Walker dans d'affreuses conditions atmosphériques. La presse célébra le grand guide et le prolo. L'heure glorieuse des humbles.

Ils passèrent à la télé. Georges les regarda avec une joie indicible. Ils étaient là, paisibles et simples, sur le petit écran. Ça lui fit drôle et il repensa à Desmaison fouillant le couloir du Dru à la recherche de la dépouille de Réno.

Cauder et sa bande fêtèrent l'exploit de Desmaison et de la Farine à La Broche, un restaurant situé en bordure de la forêt de Fontainebleau.

Georges y alla. On sabla le champagne. Georges et la Farine s'étaient toujours secrètement entendus.

— Alors, et cette grande salope ? lui demanda Georges en parlant de Walker.

— Elle était plutôt froide, répondit la Farine.

Ils rigolèrent tous. Ils parlaient haut. Ils parlaient encore des sacs trop lourds et de l'avantage de partir le plus léger possible. Georges les sentit électrisés d'une action contenue.

Cette nuit-là, énervé, il ne ferma pas l'œil. Il se leva, relut le « cas Réno » et ce que Balmat lui avait dit du sac trop lourd. Balmat était résolument partisan de la vitesse, quitte à se priver d'un peu de confort. Et Georges écouta le disque de Miles Davis une fois de plus. Les choucas dormaient, inertes comme des pierres.

Georges sortit à l'aube pour prendre un petit déjeuner dans un bistrot de la butte. Un canard du matin s'étalait sur une table.

Georges se figea et approcha une main qui tremblait. Il y avait eu une série d'attentats, un hold-up contre une fabrique d'armes avec un gardien de tué, et la tentative d'assassinat d'un homme politique.

La photo du chef éclatait en première page. C'était Linder. Georges se répéta le nom. Sur la photo, Linder était à peine plus jeune. Mais Georges le reconnut sans hésitation. On expliquait qu'il était blessé à l'épaule mais qu'il serait bientôt en état de comparaître devant un juge. Son arrestation avait dégénéré en bataille rangée. Paul Sedif et Louis Sedif figuraient dans la liste des morts. Parmi les comparses appréhendés sur des lieux différents, il y avait Monique Sedif.

Georges se laissa tomber sur une chaise et commanda un cognac double. Il avait replié le journal et, les yeux dans le vague, il incorporait Linder au dossier Jean Réno. Il lampa son cognac et sortit.

Il souriait et parlait tout seul. « J'aurais dû y penser avant. C'est clair. Comment diable est-ce que je n'ai pas pensé à ça ? » Une concierge de la butte le prit pour un jeune ivrogne.

— Toi, on peut dire que t'as d'l'avenir, lança-t-elle.

Il descendait vers Paris. Il acheta tous les canards, rentra chez lui et groupa quelques affaires dont une trousse de parfait cambrioleur.

Il laissa un mot à Victorine et prit la route.

Il s'arrêta cependant rue Saint-Placide et cueillit Cauder dès l'ouverture du magasin.

— Est-ce que tu pourrais te mettre un instant à la

place de Jean Réno lorsqu'il faisait son sac pour partir à la face nord du Dru ? demanda Georges.

— Je ne comprends pas, répondit Cauder hébété.

— Il s'agirait que tu me refasses son sac.

— Tu veux y aller ? s'inquiéta Cauder.

— Tu rigoles ! Non, je suis simplement une idée.

Il suivit Cauder dans une cave pleine de matériel. Ce dernier choisit méthodiquement de quoi bivouaquer et faire à manger et l'enferma dans un sac.

— Quant à la corde, pitons, etc., c'était sûrement le guidos qui les avait.

— C'est pas tellement lourd, dit Georges en soupesant le sac.

— Là-haut, c'est toujours trop lourd.

— Je peux garder le sac quelques jours ?

Cauder acquiesça.

— Tu dois avoir une fameuse idée, hein ?...

— J'ose même pas en parler, fit Georges en s'éclipsant.

Le verglas et la neige lui rendirent le voyage épuisant. Il coucha en route. Il n'arriva à Chamonix que le lendemain vers dix heures. Il savait que Balmat était moniteur de ski mais il le trouva au téléphérique de la Flégère. Il contrôlait les billets.

— Vous n'êtes pas sur les pistes ? dit Georges.

— Vous voyez bien que non, grogna l'autre.

Entre deux fournées de touristes, Georges l'amena à sa voiture et lui tendit le sac de montagne.

— Soupesez-le, s'il vous plaît.

Balmat s'empara du sac.

— Celui de Réno était-il beaucoup plus lourd ?

— Pas loin du double.

— Alors il avait une corde, des pitons et le reste ?

— Non, c'était ma corde et mon matériel d'escalade.

— Pourquoi son sac était-il si lourd ?

— Je ne sais pas. Il a même jamais voulu que j'y touche.

— Parfait ! dit Georges. Et ses chaussures ? Est-ce qu'il avait des chaussures neuves ?

La fébrilité de Georges en imposait au guidos. Il rassembla ses souvenirs.

— J'ai pas remarqué, dit-il enfin. En tout cas elles étaient pas vieilles ! Il avait jamais de vieilles chaussures.

— Est-ce qu'il s'est plaint de souffrir des pieds ?

— Non… Absolument pas.

— Merci, dit Georges. Et reprenez vos skis, ça vous ira mieux.

Balmat haussa les épaules et Georges alla chez Gaffier.

Le décor avait changé. Les skis, les bâtons et les fixations remplaçaient les piolets, les cordes et les pitons.

Georges lui demanda s'il se souvenait de ce que Réno avait acheté en plus des chaussures, la veille de son départ. Gaffier s'en souvenait. Georges le nota sur un calepin : une corde de soixante mètres en six millimètres, un anorak gris, un piolet démontable, quelques pitons, une veste en duvet et de quoi faire quelques anneaux en cordelette de chanvre.

Se ravisant, Georges acheta exactement la même chose. Le matériel d'été se trouvant à la réserve, Gaffier le pria de revenir en fin de journée.

Dans l'attente il se promena et rencontra René Desmaison qui revenait de la piste du Brévent, ses skis sur l'épaule.

— Le ski, c'est bon pour la montagne, ça met en jambes, dit René.

Ils parlèrent un peu de la Farine et Georges renfourcha son dada. Desmaison se souvenait-il des chaussures de Réno ramassées dans le couloir du Dru ? Étaient-elles neuves ?

— Peut-être pas neuves, mais pas vieilles, répondit-il.

— Enfin, d'après toi, elles avaient déjà fait deux ou trois courses ?

— Difficile à dire. Elles avaient tellement souffert dans la chute…

— Est-ce qu'il est possible qu'il les ait achetées la veille ?

— Je ne peux rien affirmer. À une course près on ne peut rien dire. Faudrait les avoir sous les yeux et elles sont dans le cercueil. (Il réfléchit.)… Il me semble bien qu'elles n'étaient pas très neuves.

Ils reparlèrent d'accidents de montagne. Desmaison lui raconta comment Gervasutti, un guide prestigieux, s'était tué en ne prenant qu'un des brins de la corde de rappel.

— Quelquefois, rien qu'en remettant son sac sur son dos, on se déséquilibre et il faut se tenir pour ne pas basculer, dit-il. Un accident, c'est toujours idiot…

C'était la bouteille à l'encre et ça fortifiait Georges dans ses idées. Il nourrissait envers Réno une estime grandissante.

En fin de journée, Georges passa chez Gaffier pour prendre livraison de ses achats.

Il faisait nuit. Il monta à pied jusqu'au Tohu-Bohu. Il avait des rossignols dans sa poche, une pince-monseigneur dans sa ceinture, un diamant, du mastic, des gants et une lampe sourde.

Le chalet était soigneusement clos. Il escalada une haie sur les arrières et s'approcha de la cuisine. De solides volets de bois obstruaient portes et fenêtres : ils se valaient tous. Georges s'attaqua d'abord à la serrure de la porte.

Il sentit qu'on l'avait fermée de l'intérieur en laissant la clé dans la serrure.

Il fit sauter le volet à l'aide de la pince-monseigneur. Il s'agissait d'une porte-fenêtre ouvrant sur la cuisine. Il découpa la vitre près de la serrure, passa la main et tourna la clé.

Il monta directement dans la chambre de Réno. Il espérait vivement ne pas trouver ce qu'il cherchait.

Il visita tous les placards. À l'aide d'une pince plate, il redressa les crochets du volet de bois, referma la porte et replaça le volet.

Il fractura le garage avec un rossignol et tomba sur le matériel de montagne de Réno. Il l'examina lentement. Son opinion se confirmait. Il quitta les lieux les mains vides et reprit la route de Paris sans perdre une seconde.

Mal rasé, ses achats dans un sac, il sonna à la porte de l'hôtel particulier de l'avenue de la Dame-Blanche, à Vincennes.

Au lieu d'attendre que la soubrette aux yeux en boules de loto ne l'annonce dans les règles, il la suivit en silence.

Et, lorsque Claudine ordonna qu'on ne le reçoive pas, il poussa la porte et la referma sur lui après avoir expulsé la fille.

Claudine rédigeait de la correspondance. Ils étaient seuls dans un petit salon. Claudine était en robe de chambre.

— Que signifie… ? dit-elle en se levant.

Georges déplia un journal et le lui présenta. Il ne la quittait pas de l'œil. Elle cilla imperceptiblement.

— Ce monsieur connaissait votre frangin. Et vos anciens domestiques ont également les honneurs de la une. J'ajouterai que ces mêmes personnages m'ont enlevé dans un break 404 bleu marine, ne l'oubliez pas.

— Et ça vous autorise à forcer ma porte ? demanda-t-elle après lecture.

— Décidément, les grands airs, ça tient de famille ! Revenez sur terre et parlez-moi de ce Linder.

Elle s'assit le plus naturellement possible avant que ses jambes ne la laissent choir.

— C'est la première fois que j'entends ce nom.

— Et ça ne sera pas la dernière, faites-moi confiance, dit Georges.

Il déballa son sac. Claudine vit apparaître la corde, les chaussures et les vêtements.

— Votre frère a acheté exactement la même chose avant son accident. Ceci est le double, si vous préférez. Vous avez intérêt à ce qu'on retrouve un matériel identique.

— S'il l'avait acheté, c'était pour l'emporter avec lui.

— Oui. Mais on ne l'a pas retrouvé. Ils ont utilisé le matériel de Balmat. Quant aux chaussures, il en avait déjà une paire. N'oubliez pas que Balmat et lui avaient déjà fait une ascension. Ils en revenaient.

— De toute manière, ses affaires de montagne sont au chalet.

— Elles n'y sont pas. J'en arrive.

— Vous dites ?

Georges pointa son index vers elle.

— Je dis que si dans un délai très court vous ne me racontez pas franchement ce qu'il y avait entre Linder et votre frère et que vous ne me dites pas la vérité sur le matériel dont je vous parle, je remettrai le dossier entre les mains du procureur de la République.

Il avait parlé en détachant les mots.

Il déposa sa carte de visite sur les genoux de Claudine, regroupa les affaires et referma le sac.

— J'attends votre coup de téléphone. Et pas dans cent sept ans, fit il en ouvrant la porte.

— Un moment, je vous prie.

Elle se leva. Elle tenait la carte de visite. Elle s'approcha d'un secrétaire et tira un carnet de chèques d'un petit tiroir.

— Combien voulez-vous pour abandonner cette enquête ? demanda-t-elle d'une voix neutre.

Une fatigue subite étoilait ses rides.

— J'enquête pour trouver le sommeil et mon sommeil n'a pas de prix, répondit Georges en partant.

Il fit irruption chez lui en appelant Paulette, sa mère et ses choucas en même temps.

— Tu tombes bien, l'interrompit Victorine. Le petit dépravé trompe sa femme. Son père avait raison ! Il faut que tu ailles à…

— Prends ta bagnole, va à cette adresse. (Il lui tendit un papier.) Si Claudine Saffre sortait, tu ne la quittes pas d'un pouce.

— Encore cette histoire ?…

— Ouais. Et on va en palper une bonne pincée. Je te rejoins là-bas. J'ai roulé toute la nuit…

— Mais je ne l'ai jamais vue !

— C'est pour ça que je t'y envoie. Tu la reconnaîtras facilement. Elle a ton âge en beaucoup moins bien, dit Georges en poussant sa mère vers la sortie. Allez, vite, vite. Ça urge.

Victorine démarra et Georges prit un air soupçonneux pour interroger Paulette.

— Et vous, monstre, qu'avez-vous fait à mes choucas chéris pendant mon absence ? Hein ?…

— Mais, rien, rien… monsieur Georges.

— J'espère, fit-il, et il l'embrassa dans le cou.

Il se baigna, se rasa, s'étendit sur son lit et brancha l'électrophone. Miles Davis souffla dans sa trompette. Georges avait écouté le disque au moins autant de fois que Réno.

Il sommeilla. La sonnerie du téléphone retentit. Il tendit la main et décrocha. Il faisait déjà nuit.

— Allô… tu m'entends ? dit Victorine.

— Oui.

— Elle est sortie presque tout de suite. Dis donc, tu es certain qu'elle a le même âge que moi ?

— Elle est même peut-être plus jeune. Et après ?

— Elle conduisait une Austin. Elle est allée chercher sa fille à la Faculté de médecine…

— Celle-là, quand elle aura ton âge, elle ne sera pas regardable.

— Sûrement… bref… elles sont allées à l'usine…

— Ah !…

— Ça t'étonne.

— Non, non. C'était le petit conseil de famille.

— … elles sont reparties toutes les deux. Mais c'est la fille qui conduisait. Et brusquement, rue de Rivoli, la mère est descendue et a pris le métro… Moi, j'étais coincée dans les files de voitures, il n'était pas question que je descende.

— C'est très bien comme ça.

— Je suis retournée chez elle. Je te téléphone du quartier. J'ai appelé chez eux. Elle n'est pas rentrée. Tu viens me remplacer ?

— Non. Ce n'est plus la peine.

— Où a-t-elle bien pu aller ?

— Elle est allée chez des gens. Je t'invite à dîner. Dépêche-toi…

Elle adorait que son fils la sorte, qu'il manifeste d'impatientes envies de la voir. Paulette apporta à Georges la dernière édition.

Il apprit que Linder comparaîtrait le lendemain devant son premier juge. Il apprit que les restes de la bande étaient activement recherchés et que tout donnait à penser qu'ils se cachaient dans la région parisienne où ils comptaient sans doute des complices.

Georges se leva, s'étira, vérifia le chargeur de son Mauser et glissa une balle dans le canon.

17

Victorine le bouscula de questions. Il répondit simplement que la suite ne dépendait pas de lui et que, de toute manière, la solution n'interviendrait pas avant trois mois.

Le lendemain, il pria Victorine et Paulette de ne pas mettre le nez dehors et de ne pas se montrer non plus aux fenêtres.

Il s'habilla, glissa le Mauser dans sa ceinture et fit les cent pas jusqu'à ce que le téléphone sonne.

— Allô... monsieur Georges Securit ?...

— Lui-même.

— Ici, madame Saffre.

— Mes hommages, chère madame.

— Nous avons réuni un conseil de famille et... nous avons jugé que nous vous devions certaines explications...

— Charmé, fit Georges.

— Mais pouvez-vous nous accorder un délai de quarante-huit heures ?

— C'est un délai raisonnable.

— Bien entendu, nous vous demandons la plus grande discrétion.

— À ce sujet, votre fille peut se porter garante de moi...

Claudine marqua un silence offusqué.

— Nous sommes bien d'accord, n'est-ce pas ? Nous nous verrions après-demain ?

— OK, fit Georges en raccrochant.

Il recommanda à Victorine de n'ouvrir ni les persiennes ni les doubles rideaux. Il ne fallait pas qu'au soir venu, on puisse distinguer la lumière de l'extérieur.

Victorine nageait dans le mystère, comme une impératrice romaine dans du lait d'ânesse. Ils mangèrent en silence un frugal repas préparé par Paulette. Georges les pria également de ne pas répondre au téléphone.

Il sortit, ferma la porte à clé derrière lui, et monta dans sa 203. Il quitta le cul-de-sac de la rue Simon-Dereure.

Dès qu'il déboucha avenue Junot, un break 404 bleu marine le prit en chasse. Georges roula vers la place Clichy. La circulation était moyenne. Le ciel crachait sur la ville. La chaussée était glissante. Les voitures roulaient lentement.

Georges passa par l'Étoile et descendit l'avenue Marceau jusqu'à l'Alma. La 404 le suivait toujours. Le chauffeur avait des lunettes et un chapeau gris.

Georges se gara et pénétra chez Francis, la brasserie qui faisait l'angle sur la place. Il était quatre heures de l'après-midi. Suzanne l'attendait. Une rouquine un peu grassouillette. Suzon pour les intimes. Une femme de notaire. Une vicieuse qui avait du temps de libre et se faisait baiser dans les hôtels louches.

Georges se tapa un thé complet. Il ne regardait pas autour de lui. Il écoutait les inepties de Suzon. Ça le reposait.

Ils sortirent et prirent la 203 pour aller dans un hôtel de passe de la rue Brey. La 404 se profilait dans le rétro.

Georges était toujours content de bavarder entre

deux draps avec une femme, sauf que le visage et le corps d'Éliane ne lui foutaient pas la paix. En dehors du fait qu'en faisant l'amour il n'aimait pas penser à une autre femme, l'irrémédiable présence d'Éliane le flanquait en rogne.

Ils émergèrent de l'hôtel à vingt heures et il colla Suzanne dans un taxi.

Il but de la bière et mangea des sandwiches à la Maison du café. Après quoi, il descendit l'avenue Wagram et s'engouffra dans le premier cinéma venu.

Il en sortit après minuit. Il y avait deux contredanses sur son pare-brise. Sa boîte à gants en était pleine. Il déplaça son Mauser, dont le canon le gênait pour s'asseoir.

Il rentra par le boulevard de Courcelles. Il constata que la 404 ne le suivit plus… C'était normal. Que pouvait faire un homme après l'amour, le restaurant et le ciné, sinon rentrer chez lui ?

Il ne tourna pas dans sa rue. Il monta l'avenue Junot jusqu'au bout, abandonna sa voiture et s'engagea dans la rue Girardon.

Le break 404 était rangé dans le bon sens, prêt à repartir. Georges était attendu. L'allée des Brouillards, très courte et bordée d'hôtels particuliers, faisait communiquer la rue Girardon avec le cul-de-sac de la rue Simon-Dereure. Cette allée était impraticable aux voitures. Elle s'achevait par quelques marches qui donnaient devant la maison de Georges.

Georges pensa qu'on le guettait d'un de ces recoins et que l'ennemi s'enfuirait par l'allée des Brouillards. Il se garda bien de l'emprunter et il escalada le portillon d'un square en forme d'arc de cercle.

Il s'avança dans un noir d'encre, le pistolet à la main.

Le square s'évasait et aboutissait également rue Simon-Dereure, juste en face de chez Georges, avec l'allée des Brouillards à main droite.

Georges s'aplatit contre la murette terminale. Le type au chapeau gris lui tournait le dos. De son poste il contrôlait toute la rue et un pilier le dissimulait parfaitement. Sauf côté square.

Georges se coula au-dessus de la murette. Plus que quatre ou cinq mètres, trois, deux, un...

— Bonsoir, monsieur Jean Réno, dit Georges en lui appliquant son flingue dans les reins.

Il le fouilla prestement et lui enleva un 7,65 mm. Réno ôta ses lunettes et elles se brisèrent sur le macadam. Il ferma les yeux. Il respirait vite.

— Je ne voulais pas vous tuer. Je voulais seulement vous intimider, dit-il enfin. Croyez-moi... je vous en conjure, ajouta-t-il.

Ce n'était pas une supplique, mais le simple désir d'être cru.

— Marchez devant, dit Georges.

Réno obéit. Georges le ramena vers sa 203. En passant devant la 404, Georges dit :

— Voiture de louage fournie par votre sœur, hein ? Pour que je m'imagine qu'il s'agissait des autres ?

Réno acquiesça. Il était soulagé de sentir que ce jeune type savait tout. Dans la 203, Georges conduisait. Réno n'était pas son prisonnier. Georges lui tendit les deux revolvers et le pria de les dissimuler sous le siège.

Georges possédait une garçonnière avenue Octave-Greard, au septième étage. Vue imprenable sur la tour Eiffel.

Ils se laissèrent tomber dans les fauteuils sans prendre la peine d'enlever leur manteau. Georges humecta ses lèvres.

— Il y a longtemps que vous savez que je suis vivant ? demanda Réno.

— Dès que j'ai reconnu Linder dans le journal. Ça a

été comme un déclic. Brutalement j'ai eu la certitude que vous traîniez un secret. Pour moi, cela voulait dire que la thèse du suicide était la bonne et j'ai tout repensé à l'envers. Pourquoi est-ce que vous n'aviez pas simplifié ? Vous pouviez vous tuer en voiture, percuter à cent cinquante à l'heure contre un arbre. Ça protégeait votre famille, et si vous cherchiez à persuader Linder de votre mort, c'était l'idéal. La présence de Linder dans votre vie m'a obligé à penser que vous n'étiez pas un enfant de chœur. Alors je me suis mis à votre place plus facilement. J'aime la vie, et si la seule manière d'obtenir qu'un Linder me foute la paix consiste à ce qu'il me croie mort, j'essaierai d'y parvenir tout en restant vivant. J'ai pensé à la voiture incendiée après l'accident… au corps carbonisé, méconnaissable. Mais un vieux renard ne se serait pas contenté de ça. Non, le super-idéal consistait à créer un authentique témoin de votre mort. Un témoin de bonne foi. Le guide était sur mesure. Et dans l'ambiance montagne, le fait devenait banal. Quand j'en suis arrivé là de mon raisonnement, une foule de détails m'a sauté à l'esprit : le sac trop lourd dans lequel vous transportiez du matériel de rechange, la corde neuve qui vous a permis de redescendre seul du Dru, les chaussures et, finalement, vos restes, peu convaincants, ramenés par René Desmaison. À l'époque de l'enterrement, Linder a été snobé par l'ambiance. Comme nous tous. Il ne me restait plus qu'à affoler votre sœur pour qu'elle vous avertisse.

— Quand j'ai échafaudé mon accident, j'ai longuement hésité à l'avertir. Ça m'a paru trop cruel de lui faire croire à ma mort. Je l'ai laissée libre de dire la vérité ou pas à son mari et à sa fille.

— Elle n'a dû leur en parler que plus tard. Quand on recherchait votre corps, votre sœur était seule à connaître la vérité. C'est une comédienne de première force.

— C'est une femme, dit Réno.

— Et puis, si vous ne l'aviez pas avisée, qui aurait fait rechercher votre corps ?

— Au début, j'ai envisagé qu'on ne retrouverait rien de mon corps, et pour cause. C'est fréquent en montagne. J'ai joué là-dessus. Les restes que Desmaison a ramenés dépassaient mon espoir.

— Qu'aviez-vous emporté exactement dans votre sac ?

— Des chaussures soigneusement lacérées. Je n'avais pas le temps de me déchausser et de le faire sur place. J'ai donc acheté d'autres chaussures et j'ai truqué les anciennes qui étaient d'ailleurs presque neuves. Même manœuvre pour le sac. En gros, j'avais toutes les affaires que Desmaison a récupérées. Un corps c'est plus lourd. Ça disparaît dans la neige, ça fait crouler les ponts de neige... Même si j'avais eu l'idée macabre de me procurer un pied pour le mettre dans une des chaussures, et une jambe, et un morceau de joue, le procédé m'eût semblé inutile. J'ai misé davantage sur les accidents habituels et les corps qu'on ne découvre que plusieurs années plus tard. Si vous préférez, je savais tellement qu'en montagne on trouverait normale la disparition momentanée de mon cadavre, que j'avais confiance.

— Et puis une jambe, un pied et un morceau de joue, je ne vois pas comment vous vous les seriez procurés ?

— C'était possible. Il aurait fallu en parler à un ami, un toubib des hôpitaux. Finalement, ce luxe de précautions risquait de tout compromettre.

— Sans compter que ce couloir du Dru est mieux pourvu qu'un institut médico-légal, ricana Georges.

— Oui. C'est terrible à dire, mais Desmaison aurait très bien pu ramener des restes encore plus importants. Il y a souvent des étrangers anonymes qui tentent des exploits dans le secteur.

— Autrement dit, la montagne avait tout prévu !

— Oui, dit Réno. Mais elle ne savait pas que j'étais

assuré sur la vie... Et moi, je l'avais oublié. C'est tellement normal d'être assuré sur la vie quand on voyage
que je n'y pensais plus. Sinon, j'aurais annulé le contrat
pour éviter cette enquête de la compagnie d'assurances.
(Il regarda Georges dans les yeux.) Franchement, vous
avez cru que j'essaierais de vous tuer ?

— Vous jouiez une grosse partie. Linder est encore
vivant. Tout était possible.

Réno baissa la tête et commença à parler. D'une voix
redevenue ferme il raconta comment il avait détaché le
bloc pour provoquer l'avalanche, comment il avait jeté
en même temps des vêtements, objets et chaussures
soigneusement trafiqués à l'avance, et comment il
s'était dissimulé dans une anfractuosité au-dessus du
tunnel. Le cœur battant, il avait entendu Balmat l'appeler jusqu'à perdre haleine, l'appeler jusqu'aux san-
glots... La nuit les avait enveloppés. À l'aube il avait
entendu Balmat qui commençait à redescendre. Il avait
patienté des heures durant et il était redescendu à son
tour par la voie normale et le glacier de la Charpona.

Et Réno raconta aussi le chantage exercé par Linder.

— Je suppose que maintenant je suis à votre disposi-
tion, conclut-il.

— Non. Vous êtes libre. Mais vous avez intérêt à vivre
ici et à continuer à faire le mort.

— Plus à présent ! Ça devient une honteuse mascarade. Je suis à bout !

— Il faut trouver une solution avec Linder. Maintenant il est perdu. Je vous propose d'attendre qu'on le
juge. Ça sera expéditif. S'il s'en tirait avec le bagne à
perpétuité on aviserait.

— Vous croyez qu'ils vont le... ?

— Oui. Vous savez, Réno, je ne fais pas de politique.
Je ne crois que dans les hommes et vous en êtes un. De
plus, vous vivez. C'est une bonne raison de vous aider...

Une larme déborda de la paupière et roula sur la joue de Réno. Georges se leva très vite et prépara de quoi boire en ajoutant un peu trop haut :

— ... et la seconde bonne raison, c'est que vous rembourserez la compagnie d'assurances et que j'en toucherai une bonne pincée...

Réno vida d'un trait son double whisky. Ils parlèrent de l'enlèvement de Georges.

— C'est la preuve qu'il était incapable de tuer gratuitement. Vous n'étiez pas dangereux. Vous ne pouviez pas retrouver l'adresse de leur repaire et si vous racontiez le kidnapping aujourd'hui, ça ne changerait rien à son affaire. (Il hésita.) Et cette Monique Sedif, comment la trouvez-vous ?

— Digne d'être suivie, répondit Georges en palpant son ex-bosse.

Réno sourit. Il y avait longtemps que ça ne lui était pas arrivé. Georges lui serra la main. Il fallait qu'il rentre pour délivrer Victorine et Paulette.

Elles ne dormaient pas. Victorine bouquinait, un revolver à barillet sur les genoux. Georges lui dit que le fric de l'assurance tomberait dans leur caisse le trimestre prochain. Et ni les menaces, ni les minauderies ne lui soutirèrent un mot de plus.

Réno préféra la garçonnière de Georges à son ancienne planque de province. À Paris il se sentait moins prisonnier et il voyait sa famille. Éliane avait offert sa reconnaissance à Georges qui lui avait répondu que, n'étant pas un vieillard, elle pouvait se la mettre où il pensait.

Réno voulant à toute force aider Monique Sedif, Georges lui avait conseillé de prendre une femme. Il pensait qu'une avocate serait plus efficace dans ce genre d'affaire. Elle était moins sujette à caution sur le plan politique et elle dégagerait davantage les circonstances sentimentales.

Ils avaient choisi Me Rendel-Even. Elle habitait 67, rue Manin dans le XIXe. Réno la voyait toujours avec plaisir. Elle était très agréable à regarder, elle savait ce qu'elle disait et elle croyait toujours dans le droit sacré de la défense. Elle avait un visage sérieux et cette apparence bourgeoise de bon ton que le noir rehaussait encore.

Elle ne savait pas qui était Réno. Il s'était présenté comme un vague cousin de Monique. Il payait en liquide et tenait à ce que l'avocate ne le décrive jamais physiquement à sa cliente.

Les charges qui pesaient contre Monique étaient imprécises. Elle n'avait pas parlé. Quant à Linder, il s'accusait chaque jour davantage pour innocenter les autres.

Progressivement, Réno apprenait Monique : ses études, son poste de direction dans l'industrie familiale de cuirs et peaux, ses deuils, la ruine et la cendre.

Elle n'avait pas parlé de son passage chez les Réno. Elle n'était en France que depuis six mois et avait vécu sur de l'argent ramené d'Algérie. Elle n'avait participé à aucune opération. On avait trouvé sa photo dans la poche de Paul Sedif. Un cousin... Linder jura que Monique ne connaissait pas leurs activités.

Après une procédure accélérée on les jugea en avril. Il y eut des peines de dix ans, une de vingt ans, plusieurs de deux et trois ans. Me Rendel-Even obtint pour sa cliente une peine de principe : six mois de prison. Monique sortirait dans deux mois.

Linder fut condamné à mort.

C'est alors qu'il se manifesta. Son avocat pria Claudine Saffre de passer à son bureau.

Réno et Georges discutèrent toute la nuit de l'éventuelle réaction de Linder. Georges pensa qu'il essayerait peut-être un chantage pour que Claudine fasse intervenir une de ses relations en sa faveur.

Claudine se présenta le cerveau vide. L'avocat lui tendit d'abord une lettre écrite par Linder, d'une écriture fine, serrée, presque minuscule.

Ma chère Claudine,

Vous souvenez-vous de notre jeunesse ? Ce n'était pas celle des yé-yé ni du temps des copains. C'était une jeunesse qui obligeait à choisir, à s'engager. On ne peut pas décider de sa jeunesse. Elle arrive quand on est jeune. Tant pis pour elle, ou tant pis pour son époque. Je pense que la mort est à la fois obligatoire, absolue et inutile. Je n'ai eu qu'un seul véritable amour et je vais l'emporter avec moi, intact. Je n'ai eu qu'un seul véritable ami, votre frère Jean, et je l'ai assassiné. C'est en cela que ma mort sera lourde et que je quitterai la vie avec un mauvais goût dans la bouche. Le plus grand sacrifice que m'ont demandé mes idées et mes engagements a été de venir troubler la vie de Jean. Je ne viens pas réclamer de vous un pardon impossible. Car il est impossible vis-à-vis de moi-même. Je viens simplement me confesser et vous remettre des papiers que vous brûlerez. Ils concernent Jean et je vous demande de ne pas les lire. Je voulais seulement avoir la certitude qu'ils seraient brûlés. Que Dieu nous protège, s'il existe.

L.

Il y avait un dossier cacheté à la cire. Claudine le glissa sous son bras. Le visage de l'avocat devint flou et sa voix très lointaine.

— Que dois-je lui dire ?

— Dites-lui que... que mon frère... (Elle s'arrêta net.

Ça ne lui appartenait pas. Une seule chose lui appartenait et elle en disposa.) Dites-lui que moi non plus je n'ai pas oublié notre jeunesse.

Georges et Réno l'attendaient dans un bar tout proche. Elle remit la lettre. Georges, discret, se leva. Réno la lut et sortit sans prononcer une parole. Pour Claudine, c'était l'heure de rentrer et d'allumer un feu dans une cheminée.

Réno marcha dans les rues, la lettre froissée dans la main. Il marcha longtemps avec ce papier entre ses doigts, sa main s'engourdissait et il ne pensait ni à l'ouvrir complètement ni à la fermer complètement.

Il ne craignait plus rien mais il refusa de se réintégrer dans la société. Il ne voulait pas laisser mourir Linder comme ça.

Par Hubert Saffre et une relation ministérielle, Réno fut informé à une trentaine de jours de là que l'exécution était pour le lendemain au lieu-dit « Le trou d'enfer ».

C'était au cœur de la forêt de Marly. À gauche il y avait Saint-Cyr-l'École, fabrique de héros, la mort en gants blancs.

Le fort, invisible derrière les rangs serrés des taillis englués par les brumes de l'aube, se devinait sur des écriteaux accrochés à des pylônes ou cloués à des arbres : DANGER — TERRAIN MILITAIRE — SENTINELLES ARMÉES — RALENTIR — ATTENTION AU GIBIER.

Réno pensa que le permis de chasser le gibier de ce petit matin avait toujours existé et que cette chasse n'avait pas de fermeture. Il essaya de se remémorer la date d'un grand événement historique ayant eu cette forêt pour cadre.

Il n'en trouva pas, mais il sentit que les fusillés étaient frères, qu'ils entraient tous dans l'histoire par la même porte : celle de la querelle avec le pouvoir du moment.

Réno se posta au carrefour de Rocquencourt. Une voiture militaire qui transportait le cercueil vide, des motards et le fourgon... Le convoi ralentit au carrefour.

Par la vitre arrière, Linder voyait défiler la grisaille au-dessus de la tête d'un garde. L'aumônier était assis en face de lui.

Soudain, le visage de Réno et ses cheveux bien plantés s'imposèrent en pleine vision.

Le fourgon virait plus lentement à angle droit.

Linder reconnut son ami. Il leva la main. Les gardes regardèrent et virent un homme immobile dont la silhouette diminuait très vite. Ils pensèrent que Linder avait salué un passant matinal. Ils savaient par expérience que les condamnés mouraient sans rancune.

L'émotion venait d'épuiser Linder en une seconde. Comme son teint devenait cireux, l'aumônier pensa qu'il rassemblait son courage et il lui mit la main sur l'épaule.

Personne ne pouvait entendre l'écho de la fusillade. Le fort était tapi au fond d'un trou. Réno demeura dans le secteur jusqu'au plein jour. Cette lumière de printemps éclaira des vaches posées sur un pré comme les santons d'une crèche géante. Linder était mort.

Réno retrouva la tour Eiffel et les quatre seules personnes à le savoir vivant : Georges, Claudine, Hubert et Éliane.

— L'Histoire est bonne fille. Elle ne juge pas. Elle écrit pour beaucoup plus tard, prononça Hubert sur un ton de pasteur missionnaire.

— Votre rentrée dans la vie vaut peut-être la peine qu'on en discute, dit Georges.

— J'ai tout préparé, dit Réno.

Il avait tout écrit par paragraphes et par ordre d'importance. Un travail lucide. D'abord la banque, ensuite l'assurance, ensuite seulement la presse. Le communiqué était rédigé : « Choyé par la vie dans tous les domaines, j'ai éprouvé le désir de connaître mes vrais amis. Pour cela, j'ai monté une mystification. J'ai… etc. »

Le plan résurrection de Réno comportait une visite personnelle à Jacques Balmat.

— Je suis certain que ça sera lui le plus heureux, dit Georges.

Réno acquiesça.

Jacques Balmat, pion sur l'échiquier, témoin de bonne foi, n'était pas près de laisser un de ses futurs clients se décorder.

— Vous oubliez le principal, dit Georges.

Il exhiba un flacon métallique extra-plat, à bouchon-gobelet. Il avait rempli le flacon d'un tord-boyaux sans égal. Il le glissa dans la poche de Réno.

— Ça évitera une syncope à Charles Longwy. Il est émotif, dit Georges.

Le soleil tombait en morceaux. Les alpinistes tapotaient les baromètres. Les voitures et les imperméables luisaient sous la flotte. La saison battait son plein.

Georges passait le plus clair de son temps au Tohu-Bohu, à se débiter des vacheries avec Éliane et à lui dépeindre son angora comme un chancre.

Réno et Monique Sedif vivaient heureux, sous l'œil froid d'Hubert et la bénédiction de Claudine.

Balmat avait repris son boulot de guidos — Georges et lui se tutoyaient. C'était un signe de délivrance. Georges connaissait maintenant beaucoup d'autres guides. Le moins que l'on pouvait dire de leur métier, c'est qu'il était méchamment dangereux. Pour Georges, ça résumait toutes les polémiques stériles de la vallée.

En août, René Desmaison allait réussir l'escalade solitaire de la face nord du Peigne et de la face ouest du Dru, mais il ne le savait pas encore. Un peu plus tard, Gérard Géry, Pierre Mazeaud et Laffont planteraient le drapeau français sur une île volcanique, en se faufilant entre deux éruptions. Eux non plus ne le savaient pas encore.

Le risque ne perdait pas ses droits. Tous les visages

de ceux qui vivaient pour lui se rencontraient de nouveau dans Chamonix. Comme l'an passé...

Georges avait acheté un mazo semblable à celui de Marie-Rose. Mais il était situé de l'autre côté de la petite ville, entre le village des Praz et les Tines.

De chez lui il voyait l'ombre du Dru. Le soleil levant décalquait cette ombre dans la vallée. Triangle gigantesque. Triangle qui venait du temps de la nuit, lorsqu'une force invisible s'amusait à organiser des mers, des plaines et des montagnes en attendant les hommes.

Georges sentait que le Dru n'avait pu jaillir des entrailles de la terre qu'en une seconde, dans un fracas inimaginable. Et son ombre était née à la même seconde, se projetant dans la vallée pour témoigner jusqu'à aujourd'hui de la grandeur du Dru.

En redescendant de chez Réno, il eut la surprise de voir la BMW 700 de Victorine stoppée à la base du terrain en pente de son mazo.

— Tu as lâché tes amis ? demanda Georges.

— Ça me barbait de rester allongée sur une plage. Quoi de neuf, mon Nounours ?

— Rien... si ce n'est que je songe à me marier.

— Avec qui ? demanda-t-elle précipitamment.

— Avec une fille qui aimerait mes choucas... qui ferait un beau tableau avec Grâl sur son épaule et Freu sur son poignet.

— Ça sera tout ? lança Victorine goguenarde, en lorgnant les choucas qui lissaient leurs plumes de leur bec dur.

— Non. Il faudrait également qu'un angora meure d'une crise cardiaque.

— Alors, si tu veux mon avis, mon Nounours, ce n'est pas encore demain la veille ! s'exclama Victorine.

Collection Retour à la montagne

Cet ouvrage a été composé par les Ateliers du Dragon
et achevé d'imprimer sur presse Variquick
dans les ateliers Darantiere
à Dijon-Quétigny
pour le compte des Éditions Hoëbeke
en mai 1997

ISBN : 2-84230-035-1
ISSN : 1255-104X
Dépôt légal : mai 1997
N° d'édition : 97-0492
Imprimé en France